NÃO TOCO COVER

NÃO TOCO COVER

FELIPE KURODA

POLÍTICA NACIONAL PNAB ALDIR BLANC

Labrador

Apoio — Realização

SECRETARIA DA CULTURA — GOVERNO DO TOCANTINS — TRABALHANDO E CUIDANDO DE TODOS

MINISTÉRIO DA CULTURA — GOVERNO FEDERAL BRASIL — UNIÃO E RECONSTRUÇÃO

Coordenação editorial Pamela J. Oliveira
Assistência editorial Leticia Oliveira, Vanessa Nagayoshi
Direção de arte e capa Amanda Chagas
Projeto gráfico e diagramação Vinicius Torquato
Preparação de texto Sérgio Nascimento
Revisão Cris Negrão

Este projeto foi realizado com recursos da Política Nacional Aldir Blanc/PAAR 2024, do Ministério da Cultura, operacionalizados pela Secretaria da Cultura do Tocantins.

Dados Internacionais de Catalogação na Publicação (CIP)
Jéssica de Oliveira Molinari - CRB-8/9852

Kuroda, Felipe Kanichi Alves
Não toco cover / Felipe Kanichi Alves Kuroda.
São Paulo : Labrador, 2025.
160 p.

ISBN 978-65-5625-881-2

1. Ficção brasileira 2. Música 3. Músicos I. Título

25-1499 CDD B869.3

Índice para catálogo sistemático:
1. Ficção brasileira

Labrador
Diretor-geral Daniel Pinsky
Rua Dr. José Elias, 520, sala 1
Alto da Lapa | 05083-030 | São Paulo | SP
contato@editoralabrador.com.br | (11) 3641-7446
editoralabrador.com.br

SUMÁRIO

PRIMEIROS ACORDES

Toda vez que acordava no sofá, por volta das três da tarde, consequência do calor insuportável que fazia durante o ano aqui em Palmas (Tocantins), eu procurava o violão que devia estar por perto. Sem camisa, me sentava na frente da televisão, ligava no canal da MTV e esperava para ver os clipes com as músicas de que mais gostava. A tarde começava com os mais *B-side*, coisas que na época nem pensava em gostar. Tudo bem, assistia mesmo assim. Também passavam alguns programas de entretenimento, com os apresentadores mais *cool* que alguém podia imaginar.

Nesse meio-tempo, enquanto a tarde corria, eu me concentrava e treinava os acordes que não sabia executar de maneira eficiente. Dias e horas para fixar e aprender as notas que, individualmente, empurradas pelas pontas dos meus dedos moles e sem calos, não faziam sentido. No entanto, na junção da harmonia (três notas de um campo harmônico, por exemplo, tocadas seguidamente), pareciam perfeitas, criadas especialmente para cada música. E com isso eu conseguia enxergá-la na palma da minha mão.

Mas, na MTV, além de ouvir as músicas, conseguíamos ver e conhecer os mais diversos artistas. Aquele pessoal que escolhia os clipes tinha o melhor gosto musical que se podia imaginar. Eles faziam para nós o trabalho de filtrar o que importava de verdade. Mesmo as músicas que passavam durante o início da tarde, com sonoridade alternativa e não popular, eram músicas do tipo que, se você prestasse atenção, perceberia que também eram bem boas. A gente confiava na MTV.

Por volta das seis da tarde, aparecia a apresentadora, que dizia quais eram os melhores clipes do dia (escolhidos pelo público por meio de telefonema), no saudoso *Disk MTV*. Não me lembro bem se foi nesse programa ou durante um dia qualquer no meio da tarde que vi, pela primeira vez, um dos clipes que mais amo, tanto por sua música transcendental quanto pelos personagens que viajam sem rumo num carro velho, na belíssima "Scar Tissue". Deve ser a música favorita de muita gente, pelo menos eu acho.

A ideia de pegar um carro com os amigos, cantando e tocando durante a jornada (nossa, parecia bem possível fazer isso na época), me fez ver claramente o que eu queria fazer da minha vida. Criar músicas e curtir com os amigos. Para mim, o importante era que, de alguma maneira, eles ali, pobres e fodidos, sendo sentimentais e seguindo em frente na *highway*, era uma coisa muito possível.

Eu nunca fui pobre. Não paupérrimo, quero dizer. Naquele momento, fazia parte de uma classe média que conseguia pagar uma TV via satélite, a DirecTV. Na verdade, não entendo como a gente tinha essa antena em casa. Isso porque, por exemplo, nunca tivemos o hábito de comprar roupa nova (porque não tínhamos condição naquela época) e não tínhamos um carro para me levar à escola.

Lembro-me de alguém dizer para mim que a "música é cara". Naquela idade, eu não entendia, já que o Red Hot Chili Peppers estava curtindo em um carro velho e fazendo sua música com uma guitarra quebrada. E havia ainda outros fodidos em situação semelhante que também estavam curtindo. Era o que eu via todo dia na televisão: calças rasgadas, tênis furados, cabelos grandes e sujos, bem como a aparência de quem estava precisando de um prato de comida. Tudo isso parecia comigo, e eu me orgulhava disso.

Então, ali estava eu, com cerca de quinze anos, aprendendo a tocar em um violão semiquebrado, um instrumento antigo com o braço preso com cola de madeira, enquanto absorvia muita música. A cada dia, ficava mais impressionado com o impacto que a música exercia sobre mim. Ela tinha o poder de despertar sentimentos de felicidade instantânea e proporcionar uma sensação reconfortante de que tudo estava bem. Uma boa canção, com melodias perfeitas combinadas a uma letra envolvente, moldava meu comportamento. Para mim, a regra era clara: precisava conhecer tudo, todos, especialmente os mais importantes, aqueles que já eram clássicos.

Muito influenciado pela aparência dos fodidos, escolhi inconscientemente qual seria o estilo de me vestir, o instrumento que queria tocar e até mesmo igual a quem eu gostaria de compor. No entanto, para conhecer todos era necessário ter uma fonte musical, fosse para comprar CDs ou fitas cassetes, já que, naquela época, o acesso à internet, pelo menos no lugar onde eu morava, não estava próximo ou simplesmente não existia. Só o que passava na MTV não era suficiente. Claro, havia a opção do rádio, mas aqui no Tocantins não havia uma fonte musical que cativasse os meus ouvidos. Isso porque naquela época, as duplas sertanejas e os grupos de pagode e axé estavam em alta, e eu não conseguia me identificar com aquilo tudo que eles cantavam e diziam. Não me sentia parte daquele mundo.

O acesso à música que eu desejava ouvir dependia, então, de dinheiro. A opção mais econômica era buscar CDs piratas ou fitas cassetes no camelô. Entretanto, surgia outro grande problema: o péssimo gosto musical dos vendedores desses produtos. Era extremamente difícil encontrar algo que valesse a pena no meio de tanta porcaria que eles ofereciam. Mesmo assim, perseverante, eu passava horas curvado sobre a mesa de fitas (ou CDs, mais tarde), lendo com atenção cada título e testando cada cassete. No final, se encontrasse algo interessante, corria para casa e ouvia até ficar completamente envolvido pela canção. Anotava as faixas preferidas e registrava o tempo de início de cada música.

Ao mesmo tempo em que ouvia, encantado com as melodias e esforçando-me para aprender e compreender o que as bandas norte-americanas expressavam (anotava as palavras e, depois, buscava no dicionário seus significados), crescia em mim o desejo de exteriorizar tudo o que guardava dentro, todas as dores e reclamações típicas de um adolescente em crescimento.

Apesar de aparentar alguma confiança aos olhos dos meus amigos — sendo que fui uma criança bonita e, ao crescer, me tornei uma pessoa feia —, essa atitude arrogante dissimulava uma grande insegurança, que, com certeza, estava presente. Meu rosto assemelhava-se ao de Henry Chinaski, se é que me entendem. O único tratamento disponível era o Roacutan, na época muito caro e fora de alcance financeiro para mim. Acredito que essa situação contribuiu para que eu me tornasse mais reservado e me voltasse completamente para a arte, especialmente para a música.

Meu pai, mesmo ocupando um cargo como servidor público comissionado, direcionava a maior parte de seus rendimentos para auxiliar meu irmão, que estudava em São Paulo com o suporte dos meus tios, além de assumir as responsabilidades financeiras da casa.

Nesse período, eu passava os dias dedicado ao meu velho violão, sempre próximo, frequentando a casa do meu professor, Cazé, três anos mais velho que eu. Além de talentoso, ele, de forma generosa, compartilhava comigo tudo o que aprendia. Investimos nosso tempo em revistas com cifras, passando horas a fio praticando e cantando.

Devido à intensa prática, as cordas dos nossos instrumentos se rompiam, e tínhamos que improvisar remendos, uma vez que adquirir um novo kit de cordas não era algo feito facilmente. Quando nos deparamos com algo que não sabíamos, o amigo com o ouvido mais apurado — e que até hoje é o melhor que conheci — era quem nos instruía. E que voz! Edgar estava anos luz à nossa frente, com uma banda formada e tirando músicas de ouvido.

Conhecia-o desde sua infância, sendo um dos meus amigos mais antigos. Quando tinha cerca de nove anos, esse jovem de pele clara e atitude marrenta, pedalando com sua bicicleta azul, foi atropelado na minha rua por um carro que deu à ré sobre ele. Felizmente, não se machucou e recordo-me de que, de alguma forma, essa situação peculiar nos aproximou e deu início à nossa amizade.

Após meu retorno do Rio de Janeiro, lá estava ele, que naquela época, para mim, era o melhor músico que alguém poderia desejar conhecer. E ainda era meu amigo, uma verdadeira maravilha. Cazé e eu nos reunimos em frente à minha casa para tocar as músicas que tínhamos aprendido, ansiosos pela chegada de Edgar para ensinar e executar as músicas que ele dominava, com as notas que eu ficava maravilhado de ver e ouvir.

Com ambos, recebi valiosos aprendizados. É fascinante como a música pode unir as pessoas mais distintas. Naquele período, eu já reconhecia que nós três éramos muito diferentes, mas a conexão com a música nos levava a passar horas conversando sobre as canções que mais apreciávamos e trocando experiências sobre os acordes que precisávamos dominar.

Eu era o menos habilidoso. Cazé assimilava as notas e criava o ritmo adequado para cada música. Eram acordes simples, mas que, na sua singularidade, eu achava a coisa mais linda de se ver e tocar. Um exemplo notável foi "Wonderwall". A combinação de sentimentos entre aprender e ouvir essas músicas me fez perceber que precisava compreender, de alguma maneira, como algo desprovido de consistência física poderia me tocar tão profundamente. Acreditar na existência da música é, para mim, acreditar em Deus, mesmo sendo ateu.

Além da sua HARMONIA

O ato de escutar música boa sempre me proporcionou uma sensação de realidade. Mesmo em dias que transcorrem lentos e rotineiros, anestesiando o cotidiano e nos afastando, sem percebermos, das coisas que realmente importam, a música tem o poder de mover e trazer o foco de volta ao momento presente.

Ela me despertava para a sinuosa verdade que está próxima e que muitas vezes deixava escapar despercebido. Pelo menos é assim que sinto. Consumir uma boa música me enche de orgulho e concentração, deixando-me pronto para enfrentar qualquer desafio que possa surgir, como se fosse a trilha sonora de um filme mudo.

Nos momentos mais difíceis da minha vida, quando estava para baixo ou desanimado, a experiência de escutar uma boa canção era como um choque que me fazia lembrar das coisas que mais importavam para mim. Recordo-me da época do ensino médio, numa cidade diferente, em que me vi sem amigos, em uma escola nova e muito diferente de tudo o que já tinha vivenciado, sentindo-me excluído.

A descoberta de uma música nova, daquelas que mexem comigo a ponto de arrepiar os cabelos do braço, gerava em meu coração um brilho de felicidade, confirmando a convicção de que eu tinha encontrado uma pedra rara, algo que nenhum dos outros estudantes ao meu redor sequer compreenderia.

Naquela fase da vida, nunca permiti que o mau gosto dos meus amigos e das garotas de que eu gostava influenciasse as minhas escolhas musicais. Sentia um orgulho maravilhoso das músicas que selecionava para tocar no meu toca-CDs. O que tinha de mais precioso era a capacidade de diferenciar de modo certeiro uma música boa de uma ruim. Eu podia não ter muitas coisas, mas isso eu tinha.

A avaliação da qualidade de uma música é bem subjetiva, mas acredito que todos têm uma opinião interna sobre o que preferem ou não em relação à música. Eu fazia minhas escolhas com base no que gostava e excluía do meu repertório aquilo que considerava ruim. Isso, por vezes, penso que seja desfavorável para o músico, pois se alguém possui mau gosto para música, é provável que não se torne um bom compositor.

Claro que isso depende da referência artística de cada um. Todas as músicas são aceitáveis? Sim. Todas são boas? Não. Cada pessoa escolhe aquilo que mais lhe agrada. Penso nos grandes artistas, para mim, e em suas influências, como Caetano, Dylan e Kurt, que se orgulhavam do que ouviam e sempre indicavam quem eram seus heróis. Surge a questão: os heróis dos heróis eram melhores do que os heróis? Gosto de pensar que essa dinâmica instiga o compositor a ser humilde na hora de concluir sua criação. A pergunta constante: será que é boa o suficiente?

Minhas primeiras incursões na composição musical eram lamentáveis. Melodias óbvias e letras pedantes, eu acreditava que deveria expressar uma opinião sobre cada pensamento que cruzasse minha mente, seguindo um estilo meio rock messiânico. Naquela época, não compreendia que escrever músicas está muito mais relacionado a revelar o que se sente da maneira mais autêntica possível do que dizer a alguém o que fazer e como se sentir. Alguns artistas buscam constantemente transmitir lições. Hoje isso me cansa muito. Talvez o limite está na abordagem de escrita de alguém como Bono, do U2. Talvez até ele já seja *too much*. De qualquer forma, lá estava eu, tentando criar algo que fizesse sentido enquanto aprendia o significado dos campos harmônicos.

Mais adiante, percebi que o aprendizado teórico me proporcionou uma compreensão mais profunda de alguns padrões, explicando o motivo de sempre gostar de músicas parecidas. Após as lições com meu primeiro professor e amigo, Cazé — que sempre dizia: "aperta esses dedos com força" — sentia uma vontade de buscar alguém que pudesse me ensinar a entender como e por que determinadas notas individuais combinavam, permitindo-me estar à frente da melodia quando ela surgisse em minha mente.

No início, influenciado pelas canções que apreciava e havia aprendido, criava harmonias de maneira intuitiva, utilizando notas semelhantes às músicas que nunca me cansava de tocar.

Logo surgiu a necessidade de fazer minhas próprias descobertas, pois quase sempre acabava reproduzindo melodias já conhecidas. Contudo, para isso, eu precisava de uma base teórica sólida. Isso não significa que acredite que toda música necessite desse embasamento, mas, para a minha criação, talvez devido à falta de talento suficiente, compreendia que era um requisito essencial. Além disso, a escolha de aprender a tocar guitarra foi inevitável, pois era o instrumento que eu desejava dominar.

Não me recordo de como encontrei o vendedor que me passou a perna na compra da minha primeira guitarra; só sei que fui enganado. A distância entre as cordas e o paralelo do braço poderia facilmente acomodar uma pequena uva inteira. Sem ter ninguém para me alertar sobre isso e devido à falta de recursos financeiros, acabei comprando o instrumento assim que o vi, seduzido pela facilidade de pagamento e pela sua beleza.

A cor era vinho, uma escolha que até hoje permanece como minha favorita. Não me recordo da marca, mas era um instrumento de estilo marcante, com muita presença e captadores *humbucker*, uma mistura entre telecaster e stratocaster.

Com a guitarra em mãos, busquei um professor na única escola disponível em Palmas. Como toda boa mãe, heroína vitalícia dos desfavorecidos, a minha disse que não conseguiria pagar aulas duas vezes por semana, mas que faria um esforço para bancar ao menos uma vez a cada duas semanas. Fechei o acordo com o professor para comparecer às quintas-feiras — uma sim e outra não; a primeira aula foi uma revelação sobre o quanto eu não sabia sobre o meu instrumento.

Já na casa do professor (tive que contratá-lo de maneira particular, por ser mais barato), entrei em uma sala com ar-condicionado, algo que eu nunca tinha experimentado antes na vida. Fiquei maravilhado com as espumas cinza nas paredes e as portas robustas de madeira. Cubos e caixas amplificadas, cabos e aquelas maravilhosas caixinhas mágicas chamadas de pedais de efeito. Quando meu professor pegou o instrumento e demonstrou o que sabia, pensei que levaria uma eternidade para aprender a tocar daquela maneira. No entanto, não desanimei, pois sabia desde sempre que, de uma forma ou de outra, o que ele fazia não era o que eu estava procurando, ou seja, a velocidade na execução das escalas.

A primeira lição foi extremamente desafiadora. Meu professor explicou que, antes de tocar qualquer instrumento, eu precisava aprender sobre campos harmônicos e teoria musical. Apesar de estar ansioso para aprender, não esperava que não poderia tocar nada enquanto assimilava a teoria. Mesmo frustrado, com muita determinação comecei a tentar compreender como cada nota era construída e, ao mesmo tempo, seus respectivos campos harmônicos. No início, quase adormecia nas aulas. Nunca tinha estado em um ambiente com ar-condicionado e isso me fazia lutar contra o sono enquanto tentava ler as cifras. A cada página da apostila, eu tentava vencer o cansaço, que me atacava com socos, tentando me derrubar.

Persistente, pedi emprestada a apostila para tirar cópias e continuar a leitura em casa. Aquelas folhas se tornaram minha bíblia, dividindo meu tempo entre escutar músicas, escrever porcarias e entender a formação dos acordes. Após algum tempo, com o mínimo de base necessário, meu professor julgou que eu poderia começar a tocar a guitarra plugada no cubo. Na primeira vez em que levei minha guitarra para a aula, ele questionou por que eu tinha um instrumento que não funcionava no cubo, pois os captadores não estavam operando. *Que maravilha*, pensei, que belo idiota eu fui. Tive que treinar na guitarra do estúdio enquanto juntava dinheiro para consertar a minha.

Só depois de pegar o instrumento da escola pela primeira vez, percebi que havia algo errado com minha guitarra. No entanto, essa situação acabou me beneficiando. Após comprar minha própria guitarra, treinei sozinho, e, quando finalmente retomei a do estúdio, parecia o Goku tirando os pesos para lutar (ou Rock Lee). Não que isso significasse muito, já que ainda não sabia muita coisa, mas os acordes básicos saíam corretamente. De certa forma, essa experiência me fez evoluir muito rápido.

Adolescente, experimentei minha primeira paixão na guitarra: as escalas. Especificamente, a linda escala pentatônica. Sem dúvida, é um caminho perigoso para qualquer guitarrista. Dependendo de como você enxerga a música, isso pode moldar seu gosto musical, levando-o a deixar de lado canções e arranjos simples, sempre buscando o lado complexo e tortuoso e, no final, tornando-se aquele fã chato de *heavy metal*.

Durante o período em que aprendia as escalas e os campos harmônicos, percebi que meu professor conversava mais do que ensinava. Passávamos horas discutindo sobre música e arte. Eu gostava dele, apesar de sua falta de profissionalismo, pois quando terminava de aprender alguma escala, a próxima aula se transformava apenas em uma conversa jogada fora. Além disso, eram desperdiçadas, já que eu tentava convencê-lo de que não é porque a música não é perfeitamente executada que ela é ruim. Criticar os Ramones porque são simples é um certificado de que a pessoa está mais interessada em parecer algo do que sentir a música. Eu curtia demais "Pet Sematary".

Juntando os AMIGOS

Não me recordo exatamente do momento em que decidi formar minha primeira banda, apesar de ter escrito algumas músicas antes de tentar incorporá-las a um grupo. Meu irmão havia retornado de São Paulo, trazendo consigo uma infinidade de influências diversas e músicas inovadoras. Dois anos mais velho, Camargo foi a primeira pessoa que recordo ter bom gosto musical. Desde sempre, ele trazia as melhores referências para mim.

Quando éramos crianças, participamos de um grupo de uma igreja local na minha cidade, Palmas, frequentando a catequese e aprendendo diversas coisas sobre o menino Jesus. Para mim, entretanto, o mais interessante eram as músicas que cantávamos no coral. Até hoje, quando vou a alguma igreja em um evento especial, espero ouvir aquelas canções que ensaiávamos todos os sábados. Ainda me arrepio:

Que a família comece e termine sabendo onde vai
E que o homem carregue nos ombros a graça de um pai
Que a mulher seja um céu de ternura, aconchego e calor
E que os filhos conheçam a força que brota do amor.

A partir do retorno de Camargo para Palmas, as coisas mudaram. Ele se tornou popular e descolado na escola, vindo de São Paulo, com sua inteligência magnífica e atraindo a atenção das garotas. Com muitos amigos, ele transformou seu estilo de mais reservado para alguém que interagia com todos os tipos de pessoas. Com seu enorme coração, ele tentava me incluir nas atividades, mesmo eu estando focado apenas em aprender violão e guitarra.

Em uma de suas férias, na época em que estava em São Paulo, veio a Palmas e me presenteou com um CD que era a mais absoluta obra-prima: *Unplugged*, do Nirvana. Lembro-me de que virou um costume dele me trazer apenas boas-novas de lá: *Transpiração Contínua Prolongada*, *Nove Luas* e *Descobrimento do Brasil*. Ele me presenteava com cassetes e CDs. Além disso, certa vez me trouxe um velho toca CDs que, apesar de não funcionar direito, depois de "cuspirmos" no laser, ele acabava "rodando" às músicas.

Como eu já tinha aprendido algumas músicas, toda vez que ele me convidava para sair com seus amigos da escola, levava meu violão e acabava treinando sozinho num canto, enquanto o resto do pessoal se divertia. A minha sorte é que ele acabou estudando na mesma sala que Cazé, então sempre tinha alguém para conversar.

Camargo, que também sempre gostou de música, começou a aprender a tocar violão. Apesar de não me sentir à vontade cantando em público músicas de outros artistas, tinha orgulho das poucas canções que já tinha escrito. Meu irmão, captando a ideia de que eu queria formar uma banda, percebeu que naquele momento eu precisava de um baterista ou um baixista. Resolveu, então, se aventurar no contrabaixo. Como guitarrista solo, tinha convencido Cazé a participar da banda.

Tivemos que ir atrás de um baixo emprestado. Quem nós procuramos? O antigo amigo Edgar, que mesmo com pouca idade, tocava em todas as bandas da cidade que faziam sucesso. Edgar era baixista de bandas de pop/rock e metal, ou seja, possuía habilidade notável. Quando ele tocava "The Trooper" eu ficava de queixo caído, pois, apesar de não gostar de metal, sabia que aquela música era boa e bastante desafiadora de ser tocada.

Falamos com ele sobre ensinar o Camargo e emprestar o instrumento para que começássemos a montar a banda, e, como um bom amigo de infância, concordou na hora. Depois de um tempo, o Camargo já estava entendendo os acordes, e então começamos a eterna busca pelo baterista que assola as bandas.

Sem muito contato, íamos aos poucos shows que haviam e perguntávamos aos que assistiam se eram bateristas ou se conheciam alguém que tocava bateria. Os bateristas da cidade já estavam em um nível acima, em trabalhos profissionais e em bandas de outros estilos, não se interessando em tocar música autoral. O resultado foi uma grande frustração.

Percebi que na cidade não havia bandas de música autoral, apenas covers. Também percebi que os músicos que conheci durante esse tempo não estavam interessados em fazer música própria, apenas quando havia festivais nos quais eram obrigados a concorrer com músicas inéditas. Cazé já estava quase desistindo quando tive a ideia de conseguir uma bateria velha e colocar alguém para aprender.

Conhecendo o baterista da banda de metal de Edgar (que chamava-se Queen Evil), conversei com ele para ver se conseguiria arrumar algum *batera* para mim, já que ele tinha uma escola de música. Para ajudar, me deu uma bateria velha, feita à mão por alguém que só queria treinar. No dia em que fomos buscá-la no estúdio, Edgar foi comigo e sentou-se no banquinho para *tirar onda*, "fazendo alguns ritmos". Minha mente explodiu na hora; eu sabia naquele momento que tinha encontrado meu baterista. Ele estava ali na minha frente o tempo todo, e eu não acreditava.

Edgar sempre foi um músico acima da média, com um ótimo ouvido e uma sensibilidade que causava inveja a qualquer instrumentista. Não sei ao certo como consegui, mas o convenci a fazer parte da banda. Agora estávamos formados, com bateria, baixo e dois guitarristas. A empolgação era enorme, faltando apenas encontrar um local gratuito para ensaiar.

Nessa época, meu pai havia perdido seu emprego comissionado no Estado, e, olhando para trás, não sei como conseguíamos sobreviver. Tivemos que vender a casa onde morávamos devido às dívidas e acabamos alugando outra que ficava na mesma rua. Lembro-me de que esse período foi muito triste para a família.

Sair de uma casa onde crescemos e construímos e ir para uma mais antiga e mais quente, com todos os problemas de um lugar que precisa ser reformado, foi desafiador. Em Palmas, sempre fez um calor infernal. Houve uma vez, nesta nova casa, que o forro de madeira pegou fogo devido a um curto-circuito no ventilador de teto. Nesse momento, tive que desligar a chave de energia, pegar um balde de água e jogar para cima, apagando as chamas que já estavam se espalhando.

Dormi semanas sem ventilador devido a esse episódio, já que o fogo começou ali. Lembro-me de que molhava a toalha e a colocava na cama para conseguir cochilar, pois o calor era intenso. Apesar disso, a casa tinha algo bom: a despensa.

Maior do que as despensas comuns, ela ficava no fundo da casa, com uma porta de metal e uma janela de grades, todas enferrujadas. Cabia dentro dela a bateria e uma pessoa, os outros dois tinham que ficar do lado de fora.

O entusiasmo tomou conta de nós à medida que começamos a ensaiar e a dar vida às nossas primeiras criações musicais. Utilizávamos uma caixa amplificada da Wattsom (adquirida por ser velha e estar cheia de cupins) na qual conectávamos minha guitarra, o baixo e, posteriormente, o microfone (que antes não usávamos). O Cazé tinha sua própria pequena caixa amplificada. Durante os ensaios, a energia pulsante das músicas se mesclava com o calor intenso da despensa transformada em estúdio, dando origem a momentos de pura paixão pela música.

Mesmo na singeleza dos ensaios, eu experimentava uma sensação profunda de felicidade e realização ao estar com a banda. À medida que finalizávamos a lapidação da primeira música, acredito que tenha sido "Pra Que Sonho?", minha percepção de que estávamos na trilha certa se solidificava, prontos para decolar naquele sonho abstrato. Entretanto, surgia um debate interno sobre a possibilidade de incluir covers no nosso repertório.

Não tenho nenhum problema com covers. Respeito o trabalho que os músicos realizam, mas naquela época compreendi que não era a direção certa para nós. Nunca me senti confortável cantando músicas de outros artistas, mesmo as de meus heróis. Isso não alterou o fato de que naquele momento eu senti a necessidade de tentar, mesmo sabendo que meu verdadeiro desejo era tocar apenas as nossas músicas.

Pensei então que, já que íamos tocar covers, que fossem aquelas que realmente gostávamos. No entanto, percebi que as músicas que apreciávamos, ao meu ver, ou as pessoas não conheciam ou não estavam mais interessadas. Íamos desde "Everything Zen" até "Pain Lies On The Riverside", passando ainda por "Territorial Pissing". Uma mistura diferente de verdade.

No rock, o que estava em alta naquele momento era o *new metal*: Linkin Park, System of a Down, Korn... Nunca fui muito afetado por esse estilo. Apesar de gostar de algumas músicas específicas, entre milhares de opções, elas não me afetavam sentimentalmente. No entanto, era o que estava em evidência. Isso não nos intimidou e depois de ensaiar aquelas de que gostávamos começamos a procurar lugares para tocar.

O primeiro evento de que conseguimos participar foi no festival de música organizado por um sujeito chamado Alberto, pioneiro da cidade. Ainda precisávamos decidir o nome da banda e, por influência da minha herança cristã, optei por emprestar o escrito da plaquinha que ficava sobre a cabeça de Cristo pregado: INRI. Admito que não é o nome mais fácil de pronunciar, mas naquele momento parecia interessante. Mas foi apenas o primeiro de vários outros nomes pouco inspirados que escolhi para ser o nome da nossa banda.

De qualquer maneira, dirigimo-nos para o nosso primeiro show. Os organizadores nos colocaram próximo à última banda, o que nos deixou animados. Poderíamos estar prestes a encerrar a noite já na nossa primeira apresentação — isso seria ótimo! A empolgação, no entanto, foi efêmera. Ao chegarmos ao local do evento, percebemos que todos os shows estavam atrasados devido a um problema técnico. "Problema técnico" pode ser qualquer coisa, inclusive a falta de energia no local.

O tempo foi passando e percebemos que ser a última banda daquela noite não era tão vantajoso, pois as pessoas estavam saindo durante o festival. Quando chegou a nossa vez, quase não havia público. A banda anterior à nossa tocou "Bonita", o que reacendeu meu ânimo, já que adorava essa música. Fui conversar com o baterista dessa banda e compartilhei o quão divertido foi para mim ouvi-la. Apesar de ele parecer desanimado, levantei seu astral com nosso papo sobre o que importava era curtir e os bateristas que eu admirava.

Gostei dele de cara, pois o baterista, chamado Luiz, era uma pessoa extremamente inteligente e incrivelmente talentosa. Os Raimundos, por sua vez, eram uma banda que conseguia de maneira notável unir as mais diversas tribos. A música deles representava um verdadeiro alimento para garotos fodidos como nós, que enfrentávamos muitas adversidades. A diversão e o puro entretenimento que as suas composições proporcionavam nos faziam vibrar como loucos. Eram mais do que simples canções, eram manifestações autênticas.

Chegada a nossa vez, o frio na barriga aumentava enquanto plugávamos os instrumentos, mesmo sabendo que não havia praticamente ninguém no local. Tocar para uma plateia reduzida foi algo que, ao longo do tempo, compreendi como parte integrante do processo de conquistar nosso espaço na cena musical. Todos nós precisamos passar por essa experiência. Estávamos prontos, e tocamos com o coração.

Foi uma experiência incrível para mim, marcando meu primeiro passo verdadeiro no mundo da música. Sendo tímido, até mesmo as poucas palavras que pronunciei foram ofuscadas por gaguejos ao mencionar o nome da banda. Apresentamos algumas músicas covers e, é claro, as nossas composições originais. Uma delas, em particular, tinha o título de "Galileia":

Antigamente ela tinha uma sensação,
Que te indicava a pensar que era especial,
Mas só com o tempo seus desejos puderam entender,
Que o segredo do amanhã nunca seria seu.

Após o show, percebi que, embora a maioria das pessoas tenha se retirado, permaneceram aqueles que nunca têm um destino certo, os mais excluídos, segurando suas garrafas de vodca, abraçando-se e pedindo por mais uma dose. Refletindo sobre isso agora, parece que o tempo voou tão rápido que tive a impressão de estar em *Interestelar*, onde o tempo flui de maneira diferente. Quantas músicas tocamos? Cinco ou seis? Foi a primeira vez na minha vida em que experimentei essa sensação única de algo ser tão incrível que o tempo se distorce e corre mais rápido.

Conversando com meus parceiros de banda, percebi que todos se divertiram enquanto enrolavam os cabos, trocando piadas uns com os outros. Em minha mente, acredito que poderia ter sido ainda melhor, pois algumas palavras escaparam da minha memória, e eu ainda lutava para me acostumar a tocar em pé, com a correia nos ombros. Para um magrelo como eu, o peso do instrumento era notável.

Após o show, o som permanecia saturado nos meus ouvidos com o grito agudo das caixas amplificadas e sua mágica de persistir mesmo após serem desligadas. Recebi alguns tapinhas nas costas; no entanto, ficou a sensação de que precisava melhorar muito. De qualquer forma, foi um dia especial. Tentei recordar como voltamos para casa, já que nenhum de nós tinha carro e o ônibus não passava mais aquela hora. Provavelmente, acabamos retornando a pé, com os instrumentos nas mãos.

Ensaios e troca de INSTRUMENTOS

Naquela época, os CDs eram verdadeiros artigos de luxo devido ao seu alto preço. Todos os que tínhamos eram piratas, e aprendemos ao longo do tempo a importância do cuidado, pois a camada superior facilmente se danificava, resultando em músicas que "engasgavam" e "pulavam", travando o aparelho.

Outra maneira comum de ouvir música era copiar os CDs para fitas cassetes. Ficávamos fascinados pelos amigos mais abastados, que podiam se dar ao luxo de adquirir originais, e muitas vezes pegávamos emprestado para criar nossas próprias cópias e escutar com tranquilidade. Essa foi nossa rotina por um longo período.

Em um dia qualquer, Cazé apareceu com a fita de "Os Cães Ladram, mas a Caravana Não Para", um conteúdo bastante pesado para a cabeça da minha mãe, o que nos obrigava então a ouvir as músicas furtivamente ou no bar onde ele morava, um local mais tranquilo, já que não éramos vigiados por ninguém. A guitarra com rap me deixava louco de emoção. Lembro-me de que naquela época ainda não tínhamos a fita dos Mamonas Assassinas. Foi uma sorte para minha mãe que eu não era o maior fã daquelas músicas, pois estava mais concentrado em melodias sem piadas.

Como eu era ingênuo naquela época. Mais tarde, compreendi que o sarcasmo nas músicas é algo difícil de escrever, dependendo muito do arranjo que acompanha a melodia. Tentei muito, mas nunca consegui criar algo verdadeiramente legal. Só depois fui perceber o quão genial eram os Mamonas.

De qualquer forma, eu continuava trocando ideias musicais com o Cazé, mesmo ele estando mais à frente e desejando sua independência musical longe de mim. Nos ensaios em casa, ele começou a cantar suas próprias músicas e juntos tiramos muitas canções. Nunca vi ninguém cantando "Aneurysm" como ele, com tanta paixão. Durante os ensaios, tínhamos que revezar as posições, já que quem estava cantando precisava ficar do lado de fora da despensa, onde ficava o lugar do vocalista, por ser mais próximo do cabo do microfone (que era curto) e da caixa de som.

Um dia, enquanto eu me esgoelava cantando, uma pessoa jogou um tijolo sobre a dispensa com um bilhete que dizia: "Vocês são insuportáveis." Foi um susto enorme, e o trauma me acompanhou por semanas, fazendo-me refletir sobre minha falta de talento. Apesar disso, eu gostava muito de ensaiar no cafofo, então não demorou muito para voltarmos à rotina, comigo gritando e gritando, incomodando meu vizinho.

Depois de muitos ensaios, eu e Cazé enfrentamos nosso primeiro conflito. Eu entendia que, se estava cantando, era justo que ele fizesse os solos. No entanto, quando era a vez dele de cantar, não ficava claro se eu podia fazer o mesmo. Isso me deixou chateado, e ele, com seu jeito fechado, agiu como se não quisesse mais tocar se fosse nessas condições.

Tínhamos outro show marcado no festival anual dos motoqueiros, mas não conseguimos resolver nossas diferenças. Subimos ao palco com aquele elefante branco entre nós, resultando em um péssimo show. Nunca fui tão desafinado quanto naquele dia, de tão nervoso que estava.

Nos ensaios seguintes, ele não apareceu, e ficamos nós três, Camargo, Edgar e eu, agora um power trio. Logo em seguida, Edgar, devido a seus inúmeros compromissos e bandas, também deixou a banda, deixando meu irmão e eu à deriva. A INRI tinha acabado. Realizamos cerca de sete shows, sempre com muita diversão e energia positiva.

Fiquei muito triste com tudo o que aconteceu. Mesmo assim, não deixei a tristeza me abater e continuei a compor, o que sempre foi o que mais gostava de fazer. Foi a época em que mais evoluí na guitarra. Tirei um tempo para me disciplinar, aprendi e anotei as escalas, entendi os padrões das harmonias e adquiri minha primeira pedaleira, a maravilhosa Zoom. Sim, até aquele momento a guitarra era ligada diretamente na caixa de som.

Eu podia criar qualquer coisa naquela pedaleira, escolhendo o drive, a ambiência, o delay e combinando ao meu gosto. Muitos reclamavam da perda de qualidade sonora por ser tão digital, mas eu não me importava; era a única que eu podia ter. A mistura de tipos e funções me permitia passar horas criando e experimentando sons diferentes. Para mim, estava ótimo aquele som da pedaleira misturado com a caixa Wattsom.

Nesse período, comecei a ganhar uns trocados trabalhando em uma locadora de filmes na esquina de casa, o que me permitiu juntar algum dinheiro para investir nos meus equipamentos. Aproveitei também para conhecer a arte do cinema. Acredito que foi por assistir a tantos filmes que entendi um pouco mais sobre a arte em si, a conexão entre música, o filme e a literatura. Nenhuma forma de arte exclui totalmente a outra. Consumi e conheci todo tipo de filme e estilo, desde dramas até comédias e ação.

Assim como na música, queria conhecer todos os filmes importantes e clássicos, assistindo aos maiores diretores e atores aos quais tinha acesso. Conheci Coppola, Hitchcock e Kubrick, apaixonei-me por Pacino e seus filmes, explorando também as comédias românticas que me agradavam. Assisti a clássicos da ação como *Predador*, *Rocky* e os filmes de Bruce Lee. A sensibilidade da arte no cinema me fez entender a proximidade do que é exposto com a realidade que vivemos.

Lembro-me de ter escrito essa música:

> *Você deixa seus sonhos controlarem sua vida,*
> *Mas no filme com seu nome, você não é o ator principal.*

Isso tudo aconteceu por causa do tio da locadora, que ficava na cabeça e me enchia o saco por não ter assistido ainda aos "grandes clássicos". Ele era obcecado por filmes antigos e a partir daí entendi e me acostumei com seu jeito. Nem acredito que me tornei igual a ele, já que me vejo louco quando alguém não assistiu a determinado clássico do cinema.

Na literatura, meu irmão me apresentou um livro que mudaria minha vida. Não que hoje ele continue sendo o meu favorito, mas lembro que na época passei a ver as coisas de maneira bem diferente por conta dele: *A revolução dos bichos*. Deitei-me no chão frio do quarto da minha mãe (lembro-me de que a cor era vinho, e eu me deitava perto da janela até adormecer em dias comuns depois do almoço), e comecei a lê-lo, engolindo página por página. Em seguida, mergulhei em *1984* e outros autores semelhantes, cuja melhor compreensão só obtive quando os li depois, já mais velho.

Um livro que me marcou e até hoje releio é *Antes do baile verde*. Também li obras como *O Cortiço* e *Grande Sertão: Veredas*. A maneira como esses livros captavam a crua realidade era impressionante. A partir disso, o que eu consumia como arte passou a moldar minha personalidade e minha percepção sobre as coisas. Apesar de gostar de música, ainda não entendia o seu significado e a importância do papel social para o ser humano. Não foi de maneira racional, mas com certeza contribuiu para a direção que eu queria seguir como compositor. A autenticidade na arte é algo que nem todos os artistas buscam.

Depois de um tempo e juntando o dinheiro necessário, decidi procurar por uma guitarra. Queria um instrumento que pudesse tocar e plugar sem preocupações de explodir as cordas na minha cara, como já tinha acontecido algumas vezes com meu atual instrumento. Meu pai, mesmo sem emprego na época, ajudou no que podia para completar o valor, tornando o dia em que saí da loja com um instrumento novo maravilhoso. Agora eu podia me preparar de novo para a batalha musical.

No primeiro show da cena local que fui assistir, levei um susto ao ouvir uma banda, entre tantas que se apresentavam na praça central de Palmas, tocando "Can't Stop". *Que música maravilhosa*, pensei. Quando cheguei mais perto do palco, percebi que quem cantava e tocava guitarra era meu amigo Cazé, com sua superbanda, tendo Edgar como baterista. Foi um grande espetáculo e, mesmo com um pouco de inveja, fui cumprimentar meus amigos, que estavam arrasando, tocando as melhores músicas dentro daquele cenário que só parecia tocar CPM 22.

Mesmos novos caminhos

Durante esse período em que explorei novas formas de consumir e produzir minhas canções, passei a maior parte do tempo em casa, mesmo com meu irmão tentando me apresentar aos seus novos amigos do colégio. Ele estava prestes a fazer o vestibular e dedicava parte do seu tempo ajudando seus colegas a entender as matérias de exatas que cairiam na prova. Ele se preocupava em deixar os antigos amigos para conhecer outros novos e, por isso, esforçava-se em ajudá-los a ingressar na faculdade.

Apesar de começar a compreender a necessidade de estudar, já que a carreira de músico ainda estava distante para mim e ainda não existia carreira de influenciador, eu passava meu tempo, quando não estava na locadora, lendo livros, assistindo a filmes e ouvindo músicas. Além disso, é claro, eu ficava no meu quarto compondo e escrevendo letras inspiradas em tudo o que sentia naquele momento. Pegava o violão e pensava numa melodia. A partir daí, tentava transpor a melodia que estava na minha cabeça para o violão. Também podia criar uma harmonia no violão, trazendo depois a melodia da voz, fazendo a simbiose de colocar uma sobre a outra.

Não sei dizer qual é o método de outras pessoas, mas assim eu sempre tive o controle de onde eu queria seguir com a música que estava criando. Enquanto isso, continuava ainda à procura de um baterista; então, sempre que possível, ia às escolas de música perguntar se havia alguém interessado em tocar comigo.

Mesmo tão determinado, não tive sucesso com as escolas. Quando dei um tempo na procura, finalmente encontrei. Não me lembro como conheci Max. Ele tocava em uma banda cover e, mesmo sem muita técnica, parecia saber bem o que estava fazendo. Seus pratos eram velhos e enferrujados, tendo até rachaduras. Quando conversei com ele, por conta da sua simplicidade, ficamos amigos na hora. Ele era um garoto magro como eu, simples e humilde, mas com muita vontade de aprender.

Recordo-me de estar conversando com Max em sua casa, falando sobre os meus planos de tocar música autoral. Nesse momento, pensava em desistir de tocar covers, e se era para tentar algo, então que fosse com as minhas próprias músicas. Naquele tempo, pensava que tocar cover era um talento que a pessoa tinha, interpretar a música alheia, ganhar aplausos e correr para tirar outras melodias Achava que não era para mim. Minhas versões ficavam péssimas, e eu não me sentia confortável cantando músicas que nao fossem as minhas. Mais tarde isso me colocaria numa encruzilhada, pois alguns covers funcionavam melhor do que algumas autorais.

Depois de convencer Max a tocar comigo, agora era hora de ensaiar bastante. Como ele tinha uma bateria e sua mãe não se importava em nos deixar ensaiar, íamos para a sua casa todos os sábados para fazer as nossas músicas acontecerem. Meu irmão também ia e levava sua namorada da época, que ficava assistindo aos ensaios e já sabia todas as músicas de cor.

No começo, tocamos as músicas antigas da INRI, aquelas que sabíamos que funcionam com apenas três pessoas. Da primeira leva, tinha "Qual é o seu preço?":

Talvez pense que somos,
O futuro da nação,
Mas o futuro é desemprego,
E muita discriminação.

A energia de ensaiar as canções e vê-las funcionando era ótima, e com controle do tempo e dos ensaios, passávamos horas corrigindo e mudando cada harmonia, para saber se a música fazia sentido ou não.

Sempre gostei de dividir a música em pedaços: introdução, estrofe, ponte e refrão. É claro que você não precisa seguir essa regra para criar canções, mas da mesma forma é muito difícil não seguir essa regra e criar uma boa música, pelo menos para o meu gosto musical.

Se a pessoa não segue essa regra e ainda assim consegue fazer uma boa canção, pode ter certeza de que é um grande compositor, pelo menos no meu ponto de vista. Por exemplo, ao escutar "Faroeste Caboclo" ou "Bohemian Rhapsody", ambas não têm refrão, ou ainda, "Stairway To Heaven", que começa lenta e depois cresce e tem seu ápice. Grandes músicas sem refrão. Hits sem refrão. Apesar de ter algumas músicas assim, para mim, criar algo neste formato que sinta estar de fato suficiente é muito difícil. De qualquer forma, estávamos lá tentando.

A partir daí, precisávamos escolher um nome para a banda. Camargo lembrou que antigamente, quando frequentávamos a igreja católica, tínhamos um professor de violão muito dedicado, uma pessoa que você via que era apaixonada pela música. Nos intervalos da missa, na hora de tocar as canções, ele fechava os olhos e parecia estar sonhando acordado, com sua voz macia e suave, fazendo todos se emocionarem. Era a melhor hora da missa. Ele foi um talento que não ganhou holofotes e reconhecimento, como acontece com muitos bons artistas.

Como minha mãe era tesoureira da igreja, ele sempre ia na minha casa conversar com ela, e assim sempre ficávamos sabendo das suas histórias. Vivia da ajuda da igreja e não tinha outro trabalho, apesar de tentar fazer outras coisas. E sempre acontecia alguma coisa ruim com ele. Uma vez foi atropelado e quase perdeu os movimentos das pernas, tendo que ficar internado por quase um ano. Na vez seguinte que o vi, já depois de ter se recuperado do acidente, estava lá ele, sorrindo e cantando, como um passarinho, com a mesma leveza de sempre. Em outra ocasião, lembro de ele ter pego uma doença de pele, acredito que fosse hanseníase, já que aparentava doer muito, além de aparecer diversas feridas. Mesmo assim, ele estava sempre cantando e sonhando acordado quando junto do seu velho violão.

Tinha uma perseverança e sinceridade com a música que vi em poucos artistas até hoje. Queríamos fazer uma homenagem ao seu espírito que não se quebrava, mesmo com tanta dificuldade na vida. Chamamos a banda então de Essência de Horácio. Sabíamos do caminho difícil, então queríamos um pouquinho da sua perseverança.

Depois de passar quase um ano só ensaiando, começamos a procurar bandas covers que permitissem que abríssemos seus shows. Em Palmas, os locais para tocar eram poucos e ainda davam mais espaço para as bandas covers. Praticamente o único lugar para tocar música autoral era em um festival de encontro de motoqueiros, que, mesmo depois de anos, ainda acontecia.

Quando se está começando, é preciso entender que, ao subir num palco, o som será muito diferente do que escuta no ensaio (e ninguém fala isso para você). E se não está preparado para isso, vai passar todo o show preocupado se o som está bom ou não. Há shows que são maravilhosos, mas você passa a maior parte do tempo preocupado se lá embaixo está tudo bem. Só depois que alguém que você confia fala que o som estava bem legal, você fica de fato satisfeito.

No primeiro festival do encontro de motoqueiros que tocamos com a Essência de Horácio foi desse jeito. Subimos no palco e eu não entendia o que estava acontecendo. Não tinha retorno nenhum e o som dos instrumentos parecia que tinha sido tirado debaixo da terra, de tanta sujeira que havia na mistura das músicas. A bateria era a única coisa que se escutava. Tocamos cerca de trinta minutos e saímos chateados, já que foi uma experiência que não deu para aproveitar totalmente.

Para nossa surpresa, ao descermos do palco, percebemos algumas pessoas vindo falar conosco, dizendo que o show tinha sido incrível. Espantado, olhei para o Camargo que apenas disse que, se alguém tinha gostado, talvez não tivesse sido tão ruim assim. Um dos caras que viu o show chegou até nós e falou que estava organizando um festival de música autoral no ano seguinte, chamado PMW Rock Festival, e queria que participássemos. Meu coração bateu tão rápido que eu não podia acreditar: um festival de música autoral em Palmas, onde não íamos disputar espaço com bandas covers. Era exatamente a meta de que precisávamos para nos incentivar a tocar e ensaiar cada vez mais.

Apesar de gostarmos de ensaiar, pensar em tocar neste festival nos motivava, já que lá seria um lugar que as pessoas iriam dispostas a conhecer novas bandas, músicas e artistas locais. Empolgados com a ideia, começamos a ensaiar pensando em melhorar o que erramos no último show.

Tínhamos ainda um show marcado na cidade vizinha, chamada Paraíso do Tocantins, num bar alternativo que tinha acabado de abrir. Com todo o gás possível, fomos para lá com status de banda estrangeira. Entenda, não que éramos grande coisa, mas parece que sempre que você viaja com uma banda para outro lugar, a cidade local recebe você melhor do que sua cidade de origem. Eu não sei o que acontece, mas muitas vezes os seus não te incentivam tanto quanto você espera. O ar de competição entre as bandas e a falta de amizade me surpreende até hoje.

Mas em Paraíso do Tocantins foi uma experiência legal e bem diferente, já que lá o público ansiava por música, seja cover ou não. Tocamos por volta de trinta minutos e foi sensacional. Não tinha palco, então o público ficava na mesma altura que a banda, tornando a experiência diferente, já que por vezes você tinha de levantar a perna para não receber um chute das *rodas punks* que entre eles se digladiavam naquele espaço minúsculo.

A proprietária do bar, uma senhora loira muito gentil que se chamava Didi, falava sempre em trazer bandas de rock para Paraíso, e que sempre que quiséssemos podíamos voltar e fazer shows no local. Como o cachê era pago com bebida, tomamos nosso refrigerante e fomos embora para Palmas.

A experiência de começar a fazer shows reiterados é uma coisa que muda a perspectiva, já que você entende qual música funciona ou não em um setlist. As músicas que funcionavam, deixávamos no repertório, as que não, tirávamos do ensaio. Existem as que se perdem por conta disso. Na volta da cidade de Paraíso do Tocantins, também ficamos perdido quando o carro quebrou na estrada. Ninguém tinha celular na época. Ficamos com o polegar levantado como naqueles filmes antigos. Se a corda não se quebra durante o show, pode ter certeza de que alguma outra coisa vai quebrar no decorrer da noite.

Acostumando-se com o público

Com a presença marcante de Camargo na faculdade, ampliaram-se significativamente as oportunidades de apresentação para nossa banda. A universidade federal do nosso estado destacava-se por promover as festas mais animadas da cidade, repletas de música atual e contemporânea, propiciando chances de novos relacionamentos musicais.

Em vez de aguardar os shows promovidos por grupos culturais locais e casas de eventos, tínhamos a valiosa opção de participar ativamente de festas privadas da faculdade, realizadas dentro das casas dos estudantes.

Os estudantes dessas festas provinham de diversas localidades. Muitas vezes eram alheios a qualquer cena musical. Majoritariamente, era o pessoal acolhido pela universidade, aqueles que escolheram nossa cidade como destino para cursar o ensino superior. O carisma natural de Camargo, agora também estudante de jornalismo, propiciou que ele estabelecesse conexões com pessoas de diferentes cursos, como direito e engenharia ambiental, o que, por sua vez, possibilitou que nossa banda participasse de várias festas de cursos diversos.

As festividades mais efusivas eram, invariavelmente, as relacionadas ao curso de engenharia ambiental. Além de compor um grupo bastante animado, os estudantes desse curso demonstravam uma notável abertura mental para apreciar músicas autorais de uma ampla gama de gêneros. No contexto geral, o ambiente na faculdade diferia consideravelmente de tocar em bares e eventos convencionais, caracterizando-se por uma curiosidade inata do público em absorver e explorar propostas musicais não convencionais. Mesmo sendo frequentemente escalados como a banda de abertura para outras que faziam covers, isso não nos afetava de maneira alguma. Não me importava se seríamos os responsáveis por iniciar ou encerrar uma festa ou evento, indo ao ponto de preferir começar antes das demais bandas.

Eu sustentava a convicção de que o propósito ao apresentar músicas autorais era encontrar, ao menos, uma pessoa que ouvisse nossa música com o coração e compreendesse a sinceridade da mensagem que estávamos transmitindo. Essa conexão, muitas vezes, se intensificava quando éramos designados como a banda de abertura. A cada evento em que nos apresentávamos éramos convidados para outros, devido à nossa postura em auxiliar na organização das festas e na montagem das estruturas de som, proporcionando benefícios também para outras bandas e DJs.

Assim, nos mantínhamos consistentemente entusiasmados para tocar em diversos locais e tipos de festas. Não almejávamos compensações financeiras e, uma vez que não consumíamos álcool (que frequentemente era a forma de pagamento mais comum), após a performance, eu dedicava meu tempo a organizar minhas coisas e partia satisfeito por ter executado com êxito algumas das músicas mais desafiadoras do repertório.

Descobri como me divertir em eventos desse tipo poucos anos depois, quando chegou a minha vez de ingressar na faculdade. Nessas festas, já possuía maior confiança no palco, o que me levava a apontar o dedo para a plateia e anunciar o nome das músicas, como se todos devessem reconhecê-las. Que tolo eu era. No entanto, ao longo desse processo, percebi que o comportamento dos músicos no palco é tão crucial quanto a própria música para quem está assistindo a qualquer tipo de apresentação. A arte em exibição está intrinsecamente ligada à confiança e ao carisma, sendo autêntica, emocionante e, por vezes, experimental.

Se você sobe ao palco para apresentar sua arte e não transmite sinceridade e confiança no que faz, é certo que o público não irá respeitar e, com certeza, virará as costas. O domínio do palco é a conjunção da arte apresentada e da confiança emanada. Com esses elementos, penso comigo, que seu espetáculo será excepcional, mesmo que a qualidade sonora não esteja conforme o que você imaginou. É claro que baseio essa afirmação na minha experiência, em que os shows mais memoráveis que realizei não tinham uma sonoridade impecável, mas quando, sem dúvida, eu estava tremendamente empolgado.

De todo modo, estávamos ali, divulgando nossa música para desconhecidos e nos divertindo como crianças na rua jogando futebol. Em muitas ocasiões, nos empolgávamos tanto que o público ficava perplexo com nossa própria animação, mergulhando em uma catarse que os levava a questionar o motivo de estarem naquele aglomerado de gente entusiasmada. Será que o público realmente estava gostando? Pode até ser que não, mas, mesmo assim, com nossa diversão contagiante, eles se deixavam levar e entravam com satisfação na bateção de cabeça que sempre acontecia.

Lembro-me muito bem de uma ocasião em que estávamos tocando em um local escuro, possivelmente um porão. A cada término de música, eu gritava para alguém da organização, expressando minha dificuldade em enxergar qualquer coisa e alertando sobre o risco de acertar alguém na cabeça com o braço da minha guitarra, dada a aglomeração de pessoas naquele espaço apertado e repleto de álcool. Gritava: "Por favor, alguém ilumine o local!".

Certamente, ninguém ouviu, e num momento de empolgação, ao virar a guitarra, acertei em cheio a cabeça de uma garota que estava muito próxima. Ela desmaiou na hora. Ao cair no chão, suas amigas a arrastaram pelos braços para fora do porão, como se fosse um saco de cimento, imóvel, presumindo que ela estava muito alcoolizada para permanecer ali.

Devido à escuridão intensa, só ela e eu sabíamos o que havia ocorrido. Enquanto isso, a plateia continuava a gritar. Apesar de interromper a apresentação por um instante para prestar socorro, retomamos a performance assim que ela saiu, seguindo o horário concedido. Persisti até o final da noite em busca dela para me desculpar e saber como estava, mas, infelizmente, não obtive sucesso.

Outra situação ocorreu quando estávamos tocando num festival de música da própria universidade federal, com nossa banda ainda no palco. Na época, meu irmão tinha uma namorada muito bonita que era assediada por vários homens. Nesse período, eu estava quase namorando com uma garota que conhecia a namorada de Camargo. Quando havia essas festas, para fazer companhia uma para outra enquanto estávamos tocando, elas ficavam juntas.

Durante esse show em específico, quando estávamos lá em cima do palco, percebi que um idiota estava segurando o braço da namorada do meu irmão e, gesticulando, numa situação claramente desconfortável para ela, o que me deixou irritado, já que também era minha amiga.

Logo percebi que ao lado do cara babaca estava outro sujeito (que descobri mais tarde ser seu irmão), fazendo a mesma coisa com minha ficante. Dois irmãos idiotas tentando nos tirar do sério durante nossa apresentação.

Percebi aquilo e olhei para o meu irmão que no mesmo momento me disse para gritar algo, para encerrar aquela situação desconfortável. Ao terminar a música, gritei: "Ei, seus bobões, parem com isso!". As pessoas olharam para mim como se eu tivesse feito uma piada, já que "bobões" não é o melhor xingamento que um cara do rock pode fazer.

Os que entenderam riram da minha cara, principalmente os babacas, que acharam que eu era muito mole para ficar com raiva. Virei piada pronta depois disso. Não me orgulho, mas depois do show fomos tirar satisfação com os caras e acabamos trocando alguns socos. Um bando de idiotas, nós e eles.

Primeira IMPRESSÃO

Após ensaiar bastante e começar a tocar, o próximo passo natural de qualquer banda, acredito eu, é desejar gravar suas próprias músicas. Estávamos nos virando para encontrar lugares para nos apresentar, fosse em feiras abertas, bares alternativos, festas universitárias e até mesmo aniversários. Nossa música principal para esse tipo de festa era "Territorial Pissings".

Em um dos aniversários que tocamos, em um sindicato de uma profissão que não me recordo, que recebia uma festa de uma garota da qual também não lembro o nome, tivemos como colega de atração um senhor que tocava e cantava músicas da região do Tocantins. Era um homem mais velho que possuía muita experiência e carisma ao cantar. Aqui no estado, chamamos esses artistas que cantam músicas regionais de "minhocas", pois são sujeitos vindos da nossa terra.

Depois de fazer tremer o chão daquela festa, que claramente não era o nosso habitat natural — visto que o pessoal ficou meio assustado com o volume do som e o barulho da guitarra — esse senhor, que se apresentaria logo depois de nós, pediu para esperarmos ele terminar sua apresentação antes de irmos embora.

Ao final, ele perguntou que músicas eram aquelas que estávamos tocando, expressando seu apreço pela nossa energia. Após explicarmos que fora algumas covers, todas as outras eram nossas próprias composições, animado, esse "minhoca" disse que tinha um estúdio e ofereceu-se para gravar algumas músicas com ele, de graça. Dizendo que adoraríamos, aceitamos com entusiasmo.

Fomos então escolher as duas músicas que estavam mais aptas para gravação, sendo as escolhidas "Qual é o Seu Preço" e "Galileia", já que eram as mais antigas e sabíamos que todos da banda já sabiam tocar bem cada um dos seus instrumentos.

Marcado o dia da gravação, fomos até sua casa, onde se localizava o estúdio, e ficamos perplexos. Nunca tínhamos pisado em um lugar como aquele, com tantos instrumentos, caixas amplificadas, cubos, mesas de som e uma bateria montada, pronta para ser tocada, dentro de um aquário. Aquário é uma tela de acrílico que envolve a bateria em um estúdio para que o som não se amplifique, já que este é um lugar fechado e controlado.

Contudo, éramos inexperientes e não compreendíamos a diferença entre os sons dos instrumentos e os motivos de cada timbre escolhido, seja na guitarra, na voz ou na bateria.

A experiência me ensinou que nossos ouvidos precisam estar alinhados com o que imaginamos para a música que queremos gravar saia do jeito esperado. Isso porque nossa percepção sobre a sonoridade da música é diferente do som real captado e transformado, posteriormente, em canção.

Não é porque temos uma percepção sobre a melodia de um instrumento que ele será exatamente igual na gravação. Isso somente acontece (a junção da percepção com a transposição à realidade), se você tem um ouvido que saiba entender como é o som real.

Esse espaço entre o músico e o produtor, e sua aproximação, é crucial. O produtor precisa entender, assimilar e construir uma ponte para a satisfação do músico e o resultado da canção. Isso varia para cada instrumento. No entanto, nossa banda, nova e inexperiente, ignorava a complexa arte da gravação e mixagem, pulando para a fase do resultado, na expectativa de ter a mesma sensação ao ouvi-las gravadas como se estivéssemos tocando ao vivo.

A conexão entre minha explicação para o "minhoca" e sua compreensão como produtor então era essencial. Não sei se naquela primeira gravação ele obteve sucesso nessa conexão, mas lembro-me de sua gentileza ao tentar entender o que eu queria. Apesar disso, um pouco sem paciência, ele repetia como um refrão: "aham, aham". O estúdio, que geralmente não gravava bandas de rock, enfrentou um desafio ao tentar encontrar o timbre certo que imaginávamos.

A vivência que tivemos nesse processo de gravação foi um verdadeiro aprendizado, revelando que a sintonia entre nossos ouvidos e a visão que tínhamos para a música que pretendíamos gravar era de extrema importância. Ficou claro que a percepção que tínhamos da nossa música durante a execução ao vivo não se traduziria exatamente da mesma forma na gravação. Esse espaço que se abria entre o músico e o produtor e a necessidade de uma aproximação cuidadosa revelaram-se cruciais. Cada detalhe dessa ponte de compreensão, que conduz à satisfação do músico e ao resultado final da canção, era uma parte essencial desse processo, uma oportunidade de crescimento e entendimento mútuo.

Um ponto crucial que emergiu durante o processo de gravação foi o entendimento de que o produtor deve sempre estar familiarizado com as referências do músico. A ausência desse entendimento pode resultar em uma composição musical semelhante a um Frankenstein, desprovida de uma identidade coesa em qualquer estilo. Portanto, ser específico e apresentar referências tangíveis, torna-se fundamental para evitar esse desalinhamento estilístico.

No auge da satisfação, celebramos o início da gravação da nossa primeira canção, cuidadosamente escolhendo o timbre adequado por meio da querida Zoom. Essa etapa, marcada por decisões minuciosas, adicionou uma camada extra de significado à nossa jornada musical, destacando a importância de cada detalhe na criação de uma identidade sonora autêntica.

Contudo, a sessão de gravação da guitarra revelou-se uma experiência tensa e angustiante. Com os fones nos ouvidos, tocando a guia (gravação de um esqueleto provisório apenas para todos os músicos saberem a partir de onde saíra a canção), minha percepção detectava exatamente quando cometia um erro.

Apesar de dedicar inúmeras repetições às mesmas notas, em determinado momento nos vimos obrigados a retroceder e recriar a sequência. Mesmo no ambiente refrigerado pelo ar-condicionado, a tensão era palpável. Jamais poderia antecipar o quão desafiador seria. Apesar de me dedicar muito aos ensaios, constatei que eu era o menos habilidoso entre todos que participavam das gravações naquele momento.

Meu irmão realizou sua gravação de maneira leve, tocando todas as notas com excelente dinâmica e sincronia, concluindo sua parte em poucas horas. Max deixou claro naquela ocasião o motivo por que, nos tempos vindouros, se destacaria como um dos grandes talentos na bateria na cidade, ao criar e disseminar um *swing* cativante durante sua performance de gravação. Era um espetáculo admirável de testemunhar.

Voltando a mim, após inúmeras tentativas, finalmente consegui concluir a música e partir para o solo, marcando assim a estreia do meu primeiro solo gravado. Como sempre acontecia comigo, o que parecia fácil se transformava em algo desafiador e vice-versa. Curiosamente, acredito que essa dinâmica peculiar contribuiu para que a minha voz saísse ainda melhor do que eu esperava.

O produtor, já um tanto desesperado com minha obsessão em buscar a perfeição na música, gravou a voz em poucos *takes*, criando a impressão de que foi uma tarefa fácil (uma ilusão da qual eu só me daria conta mais tarde, quando enfrentaria desafios adicionais).

A sensação de concluir as duas canções foi indescritível. Com elas prontas, ouvimos incansavelmente as mesmas músicas, explorando cada nota, identificando minuciosamente possíveis defeitos e refletindo sobre como poderíamos aprimorá-las. Apesar dessas análises detalhadas, no geral, ficamos satisfeitos com o resultado.

Compartilhamos nossas criações com amigos e familiares, ansiosos por feedback. Entretanto, surgiu a questão crucial: qual seria o próximo passo para essas músicas? Naquela época, não contávamos com plataformas como YouTube ou Spotify, e as redes sociais para divulgação de artistas eram limitadas. É possível que nem mesmo tivéssemos acesso à internet em casa, se é que ela estava disponível na cidade.

Já durante esse período, para desfrutar de músicas (que não estavam nos CDs piratas comercializados por camelôs), a única opção era baixá-las individualmente na internet discada. Não eram megabytes, mas sim bytes. O Kazaa tornou-se nossa salvação, embora cada música representasse uma verdadeira raridade, demandando uma eternidade para ser baixada, caso conseguíssemos.

Era comum, ao tentar baixar uma música, que ela permanecesse em 99% de conclusão, gerando então imensa frustração. Estávamos à mercê de alguém do outro lado do mundo, on-line e disposto a compartilhar a preciosidade. Depois, o Torrent trouxe alegria aos que buscavam itens mais raros. Com o tempo, passamos a utilizar o 4shared, uma plataforma mais abrangente, para baixar nossas músicas.

Independentemente da situação, para cada música que almejávamos ter em nosso acervo, era essencial descobrir com precisão o nome do artista e da canção. Devido a todos esses desafios, acredito que o valor atribuído à música era distinto para mim, pelo menos. A revolução tecnológica, exemplificada pelo Spotify, que reúne todos os artistas e suas discografias, é algo inacreditável para mim quando penso nisso hoje. Como seria fantástico contar com essa facilidade naquela época. Contudo, cada música que conseguíamos baixar representava uma conquista, ouvindo-a várias vezes e absorvendo cada palavra, *riff* e refrão.

No entanto, como banda, enfrentávamos a incerteza sobre como promover nossa música para além das rádios locais. Embora tivéssemos entregado nossas músicas às estações de rádio da cidade, naquela época, nunca tive o prazer de ouvi-las ecoando, apesar de ser um ouvinte assíduo de rádios locais. Em uma dessas tentativas de distribuição de músicas para rádios, mencionaram-me sobre um sujeito que tinha uma loja de tatuagem chamada Tendencies, que selecionava músicas para tocar durante seu expediente.

Recordo-me muito bem da primeira vez que me dirigi até lá. Havia um indivíduo imponente, com uma expressão fechada, sentado no caixa, rosto adornado com piercings e braços repletos de tatuagens, que estava pronto para me enviar educadamente para aquele lugar por qualquer deslize cometido em seu santuário. Claro que isso me causou algum receio.

Após a minha apresentação e a explicação de que tinha uma banda e buscava divulgar nosso trabalho, percebi que minha primeira impressão estava completamente equivocada. Engajamos numa conversa sobre música e arte. Ele compartilhou suas referências, e eu as minhas, sem preconceitos, mantendo a mente aberta para diferentes estilos.

Conhecido até os dias de hoje como Porkão, ele se desenvolveria depois como o principal fomentador da cena autoral do nosso estado. Fiquei surpreso ao constatar que na cidade havia muito mais pessoas conectadas à cena autoral do que eu imaginava. Apesar de nossa música não ter alcançado um público expressivo, ela abriu portas para eu conhecer as pessoas da cena que, incrivelmente, já estavam ali, e eu simplesmente não sabia.

Academia da Birita

Preparando-nos para o PMW Rock Festival, ensaiávamos bastante na casa do Max. A publicidade do evento estava intensa, o que nos deixava nervosos e, ao mesmo tempo, empolgados para a apresentação. A ideia de tocar em um festival exclusivamente de música autoral, sem ter que dividir o espaço com bandas covers, fazia-me sentir que estávamos no caminho certo.

Isso era reforçado pela atração principal do evento, a banda independente, à época, chamada Autoramas. Lembro-me de vê-los na MTV e, embora não fosse fã do estilo (*rockabilly*), eu os respeitava bastante, pois estavam na cena de que sonhávamos participar, tocando em todo o Brasil e criando os clipes mais divertidos.

Naquela época, para mim, o ápice do sucesso de uma banda era criar um clipe incrível e conceder entrevistas aos VJs da MTV. A maneira como interagiam com os artistas, posicionando-se e opinando como se estivessem no mesmo patamar, devido ao vasto conhecimento musical, me encantava e alimentava meu sonho de conhecer esses maravilhosos personagens e assim conversar sobre música.

Por vezes, pensava que tinha muita gente superficial por aí. Sentia uma tristeza profunda quando encontrava alguém que aparentava gostar e entender de música, sendo, todavia, apenas fachada, não conseguindo sustentar ou aprofundar com suas próprias palavras o motivo de aquilo que gostava ser tão apaixonante. Não se davam ao trabalho de decorar sequer o nome das músicas.

Para mim, isso valia para todas as áreas, desde música e cinema até literatura e seriados. O tanto de gente que veio falar do Roger Waters por ele falar de política no seu show do Brasil, sendo que a maior parte da sua obra é baseada em crítica política. Talvez seja culpa do celular, que nos deixou mais preguiçosos.

Por exemplo, conversando com alguém que gosta de *Modern Family* faço questão de falar sobre *Malcolm in the Middle*, já que boa parte do humor da primeira veio de lá. Pode até ser um exagero isso, mas penso ser mais interessante investigar a origem de algo contemporâneo de sucesso, até para ganhar o devido mérito. Fazendo isso, conseguimos achar muita maravilha. Aconteceu assim comigo quando encontrei *The Office* (antes assistia a *Brooklyn Nine-Nine*). Pensando melhor isso é bobagem da minha cabeça.

De qualquer forma acho muito mais interessante uma pessoa que ama uma banda ou um filme a ponto de saber tudo sobre ele, suas referências, de onde surgiram suas motivações, entendendo o porquê de cada frase, captura de fotografia ou parágrafo. Para mim, amar a arte faz parte de entender os significados e extrair os verdadeiros sentimentos, os seus, que nem precisam ser aqueles mesmos do autor da obra, mas que sejam reais, que justifiquem toda a adoração e que reflitam a grandeza que é sentir a reflexão do que você está consumindo naquele instante passageiro.

Cada pessoa tem sua maneira de demonstrar o quanto gosta de algo, mas, para mim, fingir que gosta mostra que a pessoa é do pior tipo. Penso que todos da banda compartilhavam desse sentimento e por isso estávamos lá, sonhando em dividir o palco com os Autoramas e sabendo o que significava isso.

Uma semana antes do festival, o organizador, João, convidou as bandas para uma reunião, na qual discutiríamos detalhes como os horários de apresentação e a disposição do palco. Quando cheguei ao local do encontro, uma rede de televisão local, me senti intimidado pelos artistas presentes. Dentro da minha pequena bolha, me achava o cara mais descolado e musical que conhecia. No entanto, ao ver o pessoal na sala, todos tão descolados e fora do padrão camisa preta e cara de metal, percebi que estava completamente enganado. Na cidade, havia muitos artistas autorais que pareciam saber o que estavam fazendo.

Diversas bandas locais alternativas se apresentariam no festival, e eu estava lá, ansioso para descobrir o tipo de som que elas iriam apresentar. Como fui sozinho, tinha certeza de que meu antigo parceiro, que não via há mais de um ano, estaria presente. Cazé, no entanto, não estava lá, o que me entristeceu, pois esperava deixar aquela fase para trás e pelo menos retomar nossa amizade. A reunião foi ótima, e conheci vários músicos que mais tarde encontraria com frequência nos festivais da cidade.

Após decidirem a ordem das bandas, me informaram nosso horário: nem tão cedo, nem tão tarde, o que nos fez sentir uma certa pressão quando o organizador expressou suas expectativas em relação à nossa banda, ressaltando que, apesar de novos, tínhamos talento. Saí de lá com o moral alto, mas ciente de que precisávamos criar uma apresentação que não fosse vergonhosa.

No entanto, fiquei intrigado com o motivo pelo qual a banda do Cazé não participaria do festival, já que eu sabia que eles eram tão bons quanto qualquer outra banda presente. Pensando que nossa apresentação precisava ser especial, tive a ideia de ir até a casa dele e sugerir que se juntasse a nós pelo menos dessa vez. Desde a separação da INRI já tinha se passado mais de um ano. Após me preparar para um possível "não", fui corajosamente até sua casa de bicicleta, esquecendo-me, empolgado em resolver a questão, até mesmo de colocar uma camiseta.

Cazé ainda morava em sua casa atrás do bar. Lá o encontrei vendendo cerveja e cuidando do comércio de sua mãe, o empreendimento chamado Academia da Birita. Lembro-me de entrar e me surpreender com a ótima "Don't Go Away", como se fosse um presságio de boas-vindas.

Conversamos sobre várias coisas, desde quais músicas estávamos escutando até outras novidades que tínhamos descoberto nesse período, falando como se nada tivesse acontecido.

Foi então que ele me contou que sua banda havia acabado porque Edgar tinha outros compromissos e não conseguia ir aos ensaios. Coincidentemente, o baterista da banda de metal de Edgar (aquele que me arrumou a bateria) apareceu (já que ele sempre passava lá para beber uma cerveja), convidando-nos para a frente do bar, a fim de testemunhar um tumulto que acontecia próximo dali.

Fomos até lá e ficamos conversando entre nós, observando toda a muvuca que acontecia. De repente, de maneira totalmente inesperada, uma viatura da Polícia Militar se aproxima e nos enquadra, mandando ficarmos parados na parede do bar.

A primeira coisa que pensei foi que se estivesse de camisa as coisas talvez seriam diferentes. Naquela posição desconfortável, assustados e sem entender o que estava acontecendo, ficamos, nós três, calados, aguardando o que viria a seguir. Depois da revista pessoal, fomos colocados dentro da viatura e levados para outro bar na mesma quadra.

Ao chegarmos lá, os policiais perguntaram a uma mulher aflita se éramos os responsáveis por furtar sua bolsa na praça. Até aquele momento, confiante de que não havíamos feito nada de errado, apesar do susto, tinha achado a situação um tanto engraçada. No entanto, quando ela afirmou com certeza que nós éramos os ladrões, quase perdi a compostura, gritando desesperadamente para que ela falasse a verdade e nos inocentasse. Perdi as estribeiras nesse momento.

A mulher, depois de olhar melhor para nós com mais calma, admitiu que não éramos os criminosos que a atacaram. Os policiais então nos liberaram, nos deixando ali mesmo, sem nos levar de volta à Academia da Birita. Ao retornarmos, a pé e rindo da situação, perguntei a Cazé se ele gostaria de tocar no festival conosco. Ele concordou na hora. Falei na hora que o ensaio seria no sábado.

Um dia de FESTA

Apesar de ter cantado no coral da igreja quando mais novo, nunca tive aula ou professor de canto, o que acredito ter influenciado diretamente na minha performance e confiança no palco. Um dos vários motivos de não gostar de cantar músicas covers era a minha dificuldade em encontrar canções que realmente se encaixassem no timbre da minha voz. O que sentia era que, nas músicas que compunha, a voz ficava natural e encaixada, mas, nas músicas dos outros, mesmo as mais fáceis de interpretar, ficavam superficiais e sem emoção, ou sempre parecia que faltava algo, mesmo dando o meu máximo na hora da performance.

Como sou naturalmente tímido e, além disso, abstêmio, estar no palco era uma satisfação e um desafio. Talvez a razão pela qual me identifico tanto com esse papel esteja relacionada ao fato de que os heróis que considero como artistas de referência eram, em sua maioria, pessoas tímidas e retraídas.

Essa ideia se fixou na minha mente de maneira intrínseca, sugerindo que essa deveria ser a postura de um cantor, permitindo-me subir ao palco e expressar minha voz. Ademais, acredito que a razão para alguém se atrair pela arte é sua habilidade em compreender sentimentos profundos, inexprimíveis por outros humanos vivos na Terra. A arte diz, de maneira verbal ou visual, que, apesar da solidão que ela pode trazer, você não está sozinho. Superar desafios e criar algo que se manifesta por meio da música, filme, literatura etc. é o que torna a arte tão envolvente e catártica.

Quando você está no palco expressando sua arte, tem a oportunidade de compartilhar sua raiva e angústia com pessoas que buscam um pouco de companhia para as dores ou alegrias que carregam, independentemente de quais sejam. Isso distingue aqueles que desejam apenas interpretar uma canção daqueles que buscam entreter uma plateia simples.

O entretenimento, embora tenha seu valor como uma forma superficial e passageira de passar o tempo, é menos profundo. No entanto, a interpretação autêntica do artista, ao mostrar sua perspectiva verdadeira, por um momento, é absoluta e genuína, tocando profundamente aqueles dispostos a pagar o preço. É por isso que temos mais cantores do que verdadeiros artistas.

Nossa banda, agora com Cazé, estava se preparando para o próximo show, ajustando alguns elementos e atualizando as canções a fim de incorporar o estilo único que nosso novo guitarrista trazia consigo. Depois que ele chegou com sua *squier stratocaster* vermelha, percebi que podia ficar mais solto e dar mais atenção aos vocais, o que me pareceu certo naquele momento. Iria deixar de tocar guitarra para que Cazé tivesse todo o controle da sua função da banda, evitando assim qualquer tipo de desavença.

Nesse momento, tinha virado de fato apenas o vocalista da Essência de Horácio. No decorrer dos ensaios, as músicas foram mudando e melhorando, ganhando corpo e tendo mais complexidade, o que nos deixava animados e preparados para a apresentação no festival. Foi quando fizemos "Em nome da honra":

A sua lágrima de dor eu não posso mais conter,
Mas o instinto podre seu eu consigo enxergar,
E o que intimida meus desejos não se atreve segurar,
Pois minha honra está em jogo e por isso vou vencer.

Nessa época, já havia um programa na TV Cultura chamado Alta Frequência, que exibia os melhores clipes e apresentava diversas atrações interessantes ao longo de sua programação. Como em casa já não tínhamos mais acesso à MTV, o Alta Frequência tornou-se uma fonte crucial de conhecimento musical para mim. Eu esperava ansiosamente, sempre que possível, para assistir ao programa, que era transmitido aos sábados à noite, com seu carismático apresentador "carequinha", compartilhando as últimas novidades e indicando algumas descobertas musicais.

Lá conheci bandas como The Libertines e The Strokes, sendo apresentada a maravilhosa "Modern Age". Apesar de não apreciar "Last Nite", que foi o primeiro clipe deles que vi naquele tablado luminoso, a música "Modern Age" despertou minha curiosidade. Fiquei ansioso para saber se algum dos meus amigos também conhecia essa banda. Contudo, assistindo ao programa, começou a tocar essa música antiga chamada "All Along the Watchtower", com uma sonoridade e solos de introdução que nunca tinha escutado antes e com a bateria executando um *groove* com destaque para o prato *splash*. Essa combinação me deixou completamente paralisado:

There must be some kind of way outta here
Said the joker to the thief
There's too much confusion
I can't get no relief.

A canção explodiu minha cabeça. Assim que possível, corri até a casa de um amigo para baixar essa música espetacular e tentar tirar aquele solo magnífico. Com a música gravada em um CD pirata, ouvi repetidamente até conseguir tocar o solo corretamente. Modifiquei o tom, ajustei a voz e cantei inúmeras vezes acompanhado pelo meu velho violão. Em um dos ensaios, após praticar as músicas que íamos apresentar no festival, peguei a guitarra e toquei "All Along the Watchtower" para nos divertirmos, sendo acompanhado pelo Max. Improvisei o *groove* da bateria com a boca, e ele captou perfeitamente, mostrando ainda mais seu talento a cada ensaio que se passava.

Além disso, ele ainda tinha escondido em uma das suas *bags* um velho *splash*. Para essa música, iria tocar guitarra. Cazé não se importou em fazer a base, e Camargo, como já tinha me visto tocando-a mil vezes, acompanhou facilmente. A partir desse dia, a música entrou para o nosso repertório, adicionando um brilho extra ao nosso show.

Chegado o dia do festival, fiquei tão nervoso que não consegui pregar os olhos durante a noite anterior. Ao mesmo tempo, estava imensamente empolgado em participar do nosso primeiro festival de música autoral. Logo que cheguei, no fim da tarde, senti arrepios com a quantidade de pessoas que lotavam o local.

Desde cedo, havia pessoas de todos os tipos e idades, incluindo personalidades locais que conhecíamos apenas de vista, o que me deixava entusiasmado para tocar com maestria e fazer que todos conhecessem nossa banda. Uma das bandas locais era um *power trio* com um vocalista que impressionava, apresentando de modo incrível a música "No One Knows". Isso fez que o público batesse o pé e cantarolasse junto à música que eles tocavam. Justo quando pensei que eles deveriam ser apenas uma banda cover devido à qualidade da interpretação, o vocalista anunciou que as próximas músicas seriam todas autorais.

Logo de primeira, a música que tocaram me atingiu como um soco na cara de tão boa. Fiquei arrepiado e pensei sobre como era tolo imaginar que em Palmas também não existiam artistas excelentes como aquele *power trio* (infelizmente, não me recordo do nome da banda). O choque de humildade aumentou minha ansiedade, especialmente porque faltavam apenas duas bandas para nossa apresentação. O tempo passou rapidamente e só me recordo do momento em que fomos chamados, informando que chegara a nossa vez. Cazé, ao pegar a guitarra para se preparar, percebeu que uma das cordas havia arrebentado. Pensei: *Ótimo, agora as coisas vão desandar.*

Contudo, logo percebi que ele poderia usar minha guitarra, já que tocava apenas a música cover. Inicialmente, ele rejeitou a ideia, afirmando que conseguiria consertar a corda. Naquela época não tínhamos dinheiro para ter cordas de guitarra reserva.

Lembro-me de ele pedir para conseguirmos um fósforo, com o qual ele pretendia amarrar uma das pontas da corda e prender na base que entrava por baixo da guitarra. Nesse instante, o organizador se aproximou, alertando que, se não entrássemos imediatamente, seríamos retirados da programação. O desespero tomou conta de nós. Enquanto isso, Max já estava a postos na bateria, se alongando para indicar que estávamos quase prontos para subir ao palco. Milagrosamente,

Cazé afirmou que estava pronto, plugou a guitarra e fez um solo para aquecer os dedos.

Quando entrei, deparei-me com aquela multidão aglomerada, gritando e curtindo sem saber o que estava por vir. Acho que tinha cerca de duzentas pessoas. Percebi que dali em diante o dia seria perfeito, me permitindo aproveitar ao máximo aqueles trinta minutos. Por mais difícil que tenha sido chegar até ali, demos o nosso melhor naquele dia espetacular. Claro, durante o show, a corda quebrou novamente, mas isso já não era relevante.

Primeiras NECESSIDADES

Passado algum tempo após o festival conseguimos um show em um bar da cidade que nos rendeu mais uma remuneração (já que a primeira foi no festival), o que também nos levou a ponderar sobre como investir aquele pouco dinheiro recebido. Não era suficiente para comprar qualquer tipo de instrumento ou acessório, muito menos um amplificador de verdade, restando apenas a opção de gravar uma única música em um estúdio que estava em promoção na cidade.

No entanto, até então (mesmo depois da primeira gravação com o "minhoca"), eu ainda não havia percebido o quão importante era ter equipamentos e instrumentos de qualidade. E falo isso tanto para gravação quanto para as músicas tocadas ao vivo.

Ao assistir a mais shows das bandas locais, percebi que elas estavam bem à frente de nós nesse aspecto. Garotos da nossa idade com guitarras da marca Fender, amplificadores da Meteoro, pedais diversos da Boss e baterias da Oderi. Era incrível como, ao mesmo tempo que pareciam jovens sem um tostão furado, assim como nós, também eram possuidores de equipamentos que valiam mais do que todos os eletrodomésticos das nossas casas juntos.

Procurando saber mais sobre o preço dos instrumentos, percebi que não havia qualquer condição de comprar sequer os acessórios. Admito que foi um período em que senti muita frustração por não ter essa grana e muita inveja da galera que tinha esses equipamentos. Nessa época da vida, meu irmão, além da faculdade, já estava trabalhando e eu tinha de decidir qual curso superior tentaria prestar, bem como começar a trabalhar para de fato ajudar mais nas contas de casa. Já tinha passado do tempo, na verdade.

Meu pai havia conseguido um emprego em comissão no governo, mas ainda estávamos endividados devido ao período em que ele ficou desempregado. A família, além de manter as contas básicas atuais, precisava quitar as contas básicas antigas que haviam ficado para trás.

Vivíamos com isso na cabeça vinte e quatro horas por dia. Não me recordo de termos algum tipo de luxo nessa época da vida, pois tudo parecia cair aos pedaços. À medida que eu tomava cada vez mais consciência do que se passava e acontecia em casa, tornava-se cada vez mais difícil lidar com tudo aquilo de maneira leve. Pensar no valor dos equipamentos deixava claro que seguir esse caminho demandaria um mínimo de investimento, o qual, naquele momento, estávamos bem longe de possuir.

Ainda assim, continuamos tentando equilibrar as coisas, estudando e ensaiando, trabalhando e correndo atrás para ajudar em casa e juntar algum dinheiro, sonhando em comprar melhores equipamentos. Tínhamos a sorte de a mãe do Max permitir que ensaiássemos em sua casa; caso contrário, não teríamos dinheiro para pagar um estúdio de ensaio (Max não tinha condições de sair de onde morava para ir à minha casa).

Lembro-me de um dos shows que fizemos, tocando em um evento no shopping da cidade. Devido a um furo no fundo do meu All-Star, acabei sendo eletrocutado quando estava tocando guitarra, já que o aterramento não estava bem feito. Meu irmão teve de me desgrudar da guitarra e do microfone à base de chutes, pois eu não conseguia soltá-los.

Apesar de na minha cabeça a situação parecer cômica, já que nesse dia começaram a me chamar de "indião" (meu apelido por muitos anos), posteriormente percebi que nunca teríamos instrumentos melhores. Se não podíamos nem ter um par de tênis sem furos, como iríamos comprar instrumentos melhores? Estávamos realmente passando por uma fase muito difícil, já que os instrumentos começaram a ter problemas de maneira recorrente.

Se algo não estragava durante os ensaios, como a caixa amplificada ou cordas quebradas, então o pneu da moto furava (pegávamos emprestado da minha cunhada), ou qualquer outra coisa acontecia, impedindo-nos de ensaiar. Apesar de nossa resiliência, tínhamos a sensação de que sempre algo iria dar errado. Com o tempo, começamos a nos acostumar a carregar a ansiedade, aguardando o que aconteceria antes de continuarmos a fazer o que precisávamos fazer.

Acabamos conhecendo uma banda na cidade que começou a realizar muitos shows, inclusive fora do Tocantins, com sua música grunge e bastante descolada. Toda vez que lhes assistia, ficava maravilhado com seus equipamentos (e com muita inveja). Lembro-me de eles me contarem que possuíam seu próprio estúdio em casa para ensaios e gravações. Isso era algo bastante raro na época, especialmente para uma banda de rock, uma vez que os equipamentos não eram tão acessíveis como são hoje em dia. Digo isso porque não havia Mercado Livre ou compras pela internet, o que nos fazia ficar refém das lojas locais, que não tinham concorrência e cobravam um preço absurdo pelos instrumentos.

Quando convidaram Cazé e eu para conhecer, ficamos empolgados com a possibilidade de gravar com eles, pois sempre recebemos bem as parcerias. Ao chegarmos na casa dessa galera e ver aquele mundo de instrumentos novos e o estúdio de gravação caseiro, mas bem organizado, logo perguntamos se também poderíamos gravar lá ou estabelecer qualquer tipo de produção em conjunto.

Ficamos totalmente surpresos com a missa palestrada por eles, dizendo que tudo aquilo fora conquistado e que, se a gente quisesse de verdade, conseguiria, se se esforçasse mais, bastando fazer um planejamento adequado e juntar dinheiro em uma poupança.

Imagino que a intenção daquela galera tenha sido boa. Naquela época era difícil exigir do pessoal consciência de classe, ainda mais na idade que tínhamos. Mas não muda o fato de ficarmos surpresos e frustrados com aquilo que foi oferecido. Eles moravam em uma mansão gigante, com muros altos e ar-condicionado em toda a casa. Nós morávamos de aluguel. Eram filhos de médicos e não trabalhavam. Nossos pais mal tinham emprego. A gente procurava emprego e pagava bicos quando era possível. A ilusão deles ao achar que não estávamos nos esforçando o suficiente para alcançar aquilo tudo me magoou bastante.

Voltamos para casa tentando entender o que diabos tinha acontecido ali, já que nem água nos ofereceram. Quando perguntei ao Cazé o que ele tinha achado da visita, apenas respondeu que, pelo menos, eles poderiam ter nos deixado entrar na piscina, já que o dia estava bem quente.

Parte da JORNADA

Meu pai chegou ao Tocantins no início da formação do estado, quando a região ainda dava os primeiros passos em direção à independência. Esse período marcava o esforço coletivo para construir sua capital, Palmas, que depois se tornaria a sede do governo. Antes de se tornar o estado do Tocantins, a região fazia parte de Goiás, e o recém-formado estado estava convidando residentes de Brasília a se aventurarem para se tornar os pioneiros dessa nova localidade. Apesar de antes pertencer a Goiás, a área era pouco habitada e, ao longo dos anos, a parte sul tinha sido negligenciada.

Naquela época, Tocantins tinha baixa densidade populacional e estava pronto para se tornar um lugar propício para construções. Viemos com a promessa de receber moradia, escola e emprego, além de incentivos para os recém-chegados, como lotes e chácaras, para permanecerem e construírem suas novas vidas. Meu pai, que trabalhava como contador em um órgão público em Brasília, deixou o emprego para se mudar para o Tocantins. Minha mãe, que morava em Brasília com ele, veio depois que ele estava estabelecido, chegando com o coração aberto e a expectativa de que as coisas recomeçariam.

Ele sempre foi uma pessoa muito ingênua e desde sempre acreditou nas pessoas que o rodeavam, sem nunca perder a fé em seus sonhos. No Distrito Federal, trabalhando no serviço público, ele conheceu minha mãe, se apaixonou por ela e, após viverem algumas experiências juntos, casaram-se.

Do casamento nasceram meu irmão e eu. Meu pai, nascido numa cidade do interior de São Paulo, é filho de um imigrante japonês. Apesar de ter crescido trabalhando na roça, ele conseguiu estudar o suficiente para obter um curso técnico de contabilidade.

Ele foi para a capital, São Paulo, e depois de alguns trabalhos em bancos privados, foi empregado em um órgão público. Já minha mãe saiu de casa aos quinze anos para, sozinha, ir à capital São Paulo tentar uma vida melhor, longe de sua cidade no interior do Rio Grande do Sul, onde nasceu. Após diversos empregos precários e um pouco mais velha, conseguiu uma vaga para trabalhar como recepcionista no mesmo órgão público que meu pai.

Ela sempre contava que nessa época só tinha dinheiro para se alimentar e para sua passagem de transporte, vindo a conhecer qualquer tipo de entretenimento somente depois dos trinta anos. No início, ao se conhecerem, eram apenas amigos, com ele fazendo brincadeiras ao vê-la. Enquanto isso, se esforçava para conseguir uma função melhor dentro do departamento. Não dava atenção para ele, ainda mais sabendo que ele estava, aparentemente, comprometido.

Ela contava também que ele era o único que conversava durante todo o expediente do dia. Nem mesmo sua colega de serviço, que desempenhava o mesmo cargo, tinha o companheirismo da função. Quando surgiu uma oportunidade para trabalhar no protocolo, com a recomendação do meu pai, ela conseguiu a vaga e entrou para o quadro de funcionários do órgão público. Com o aumento salarial, minha mãe começou a juntar dinheiro para investir no seu sonho, que era comprar uma casa e trazer minha avó para morar com ela em Brasília, já que ainda viviam em uma situação difícil no Rio Grande do Sul.

Muito esforçada e com uma determinação sem igual, ela passou alguns anos juntando dinheiro e, depois de um tempo, com o montante da entrada, procurou um lugar para morar num setor afastado, mas novo, em Brasília. No entanto, precisava de um fiador para conseguir o financiamento. Agora amigos, meu pai estava lá, desempenhando um papel que ele mesmo tinha se oferecido. Quando minha mãe foi até São Paulo visitar minha avó (nessa época ela já tinha ido morar lá) e perguntar se ela queria ir para Brasília, surpreendeu-se ao encontrar uma senhora passando fome, vivendo com a ajuda dos vizinhos, o que partiu seu coração. Ela recorreu novamente ao meu pai para conseguir trazê-la de uma vez para onde moravam. Depois de tudo isso acabaram se apaixonando e ficando juntos.

Em Brasília, minha avó viveu pouco e logo faleceu. Meus pais, no entanto, já estavam casados e aguardavam a chegada do meu irmão. Em uma ocasião, com minha mãe grávida, ela foi vítima de assédio por parte de seu chefe, recebendo um chute na cadeira e gritos de incompetência, enquanto meu pai testemunhava a cena. Em um acesso de fúria, meu pai trocou socos com o sujeito dentro do setor, fazendo que ele fugisse pelos corredores do órgão aos gritos. Meu pai, quando jovem e por muitos anos, carregava sacos de batata de cinquenta quilos para ajudar meu avô. Era forte.

Depois disso, quando surgiu a oportunidade de vir para o Tocantins, deixaram tudo para trás a fim de recomeçar, não antes de meu irmão e eu termos nascido. Chegando aqui, meu pai, que era uma pessoa muito competente, conquistou várias coisas e logo teve um cargo em uma das secretarias de governo. Por conta disso, ele foi grato ao governador que o trouxe para o estado. Durante esse período de ascensão, ele colocou em prática seu grande sonho: montar uma escolinha de futebol para crianças e jovens.

Meu pai contratou diversos professores de futebol, comprou uniformes e chuteiras, e também providenciou um local para treinar. Como a maioria de seus jogadores era composta por crianças carentes, ele arrecadava cestas básicas e roupas usadas. Seu time conseguiu apoio público e viajou para outros estados e municípios, participando de campeonatos e disputando diversos torneios. Apesar de tudo isso, para si, não teve absolutamente nenhuma contrapartida financeira. Eu participei de tudo isso desde a minha infância, enquanto me divertia no coral da igreja, passava o restante do tempo jogando futebol, tendo uma infância bastante feliz.

Ainda criança, abracei o sonho do meu pai e fui para o Rio de Janeiro com outros meninos tentar a vida como jogador de futebol. Passei no teste do clube de futebol Madureira, permanecendo lá e treinando no time por cerca de um ano e meio. Apesar de estar vivendo também um sonho, não era fácil. Morando em Xerém, eu acordava às quatro horas da manhã para pegar um ônibus (lotado, a primeira hora eu ia de pé de tão cheio, mesmo naquele horário) e chegava do outro lado da cidade por volta das oito, já que treinávamos em uma Vila Militar próxima a Madureira.

Chegando lá, treinávamos intensamente, realizando exercícios físicos e atividades específicas. No entanto, treinávamos pouco com bola, o que me deixava muito frustrado. Em uma tarde quente, na pensão em que morava, próxima à casa do Zeca Pagodinho (brincadeira, mas o pessoal falava que ele morava lá), enquanto ouvia um programa da 89,1, a rádio rock, escutei uma propaganda perguntando se eu ainda estava vivo. Ao fundo tocava Sandy & Junior, com um trecho que falava sobre felicidade ou algo do tipo.

De repente, começava "I'm still alive" do Pearl Jam. A música me tocou de uma maneira tão intensa que imediatamente pensei sobre o que estava fazendo ali, já que, apesar de gostar de futebol, não sentia um futuro para mim naquela vida. Foi nesse momento que decidi voltar para Palmas. Ao retornar, percebi que meu pai estava falido, pois, além de mim, ele ajudava outros garotos no Rio e ainda bancava sozinho todo o time. Outra bomba foi quando ele perdeu o emprego comissionado no estado. Como o antigo governador tinha perdido a eleição (aquele que o trouxe para o estado) e, diferentemente dos seus colegas que ficaram calados para não perderem o emprego, meu pai se posicionou e reafirmou seu apoio ao antigo chefe do executivo, sendo mandado embora logo em seguida.

Ele tinha acumulado as mais diversas dívidas relacionadas ao time, então teve de vender tudo o que conquistou para sustentar nossa família, inclusive nossa primeira casa, aquela na qual crescemos. E, no meio disso tudo, eu, agora em Palmas, no início da adolescência, passava o tempo no sofá e aprendia a tocar violão em uma casa alugada.

Mudança RADICAL

A banda partiu para gravar sua primeira música com o Cazé na guitarra. Naquele ponto, estávamos mais maduros em certos aspectos, com músicas mais consistentes e uma sonoridade definida. Com Cazé na banda, me senti seguro para aprimorar o vocal, deixando literalmente nas suas mãos a parte criativa da guitarra. Fazíamos da seguinte forma: primeiro, criava a música no violão em casa, formando a harmonia e incluindo a melodia por meio da voz. Depois de escrever a letra, levava a música para os ensaios, para que cada um criasse sua parte. Nos ensaios, cada um tinha liberdade para ir para onde todos da banda concordassem.

Não me lembro de nenhuma vez em que tenhamos perdido essa sintonia. Camargo, como sempre, foi uma pessoa musical e sabia bem o que fazer com o baixo, traçando linhas coerentes, sempre diferenciando bem a introdução das estrofes e trazendo peso nos refrões. Penso nele como

Krist Novoselic, já que sempre tinha linhas de baixo que podiam se separar facilmente. Já Max estava voando, trazendo complexidade para nossas músicas, que eram mais simples, criando *grooves* exclusivos para cada passagem, assim como Jimmy Chamberlin fazia.

Cazé estava no auge de seu consumo de Red Hot Chili Peppers, trazendo mais *swing* e funk para nossa sonoridade, assim como John Frusciante no álbum *Blood Sugar Sex Magik*. Depois de muitos ensaios, tocávamos doze músicas autorais de maneira simples, mas bem executadas. Existia um brilho em cada ensaio, uma luz, que nos fazia aproveitar cada sábado como se estivéssemos tocando em grandes estádios. Sabíamos que tínhamos que aproveitar quando era possível ensaiar.

Como não havia tantos lugares para tocar, nos divertíamos do jeito que dava. Decidimos, dentre as doze músicas que estavam prontas, registrar a canção chamada "Meninos Feios".

> *As minhas roupas sujas não vão te conquistar,*
> *O meu interesse parece assim tão ruim?*
> *Você se esconde só para desviar do meu olhar,*
> *Esse seu nojo vai me separar e me excluir.*

Gravamos então nesse único estúdio que havia na época e estava com uma promoção bastante generosa, de propriedade de um gaúcho que trabalhava com diversos estilos musicais. Como a música não tinha tantas camadas, ela foi dividida apenas nos quatro instrumentos, incluindo a voz. Lembro-me do produtor impressionado com o ritmo do Max, que já ensaiava com metrônomo em casa, obcecado em tocar dentro do tic-tac.

A bateria, que geralmente precisa de uma edição exclusiva posteriormente, foi gravada de maneira simples e rápida, pronta para ser colocada na música. Cazé gravou sua parte na guitarra com muita dinâmica e de maneira precisa (não enfrentou a dificuldade que eu tive na minha primeira vez). Como Camargo tinha treinado bastante em casa, também não fez feio, realizando tudo em poucas tomadas. Quando chegou o momento de gravar a voz, enfrentei imensa dificuldade para atingir o tom que a música pedia.

Escutando a música no fone de ouvido, ficava claro que havia algo errado. Percebi posteriormente que a confiança durante a gravação é algo que não se pode perder enquanto está dentro da redoma vocal. A cada repetição do verso, o desespero de não conseguir atingir a nota toma conta do corpo (ou de não conseguir realizar as tomadas sem deixar as cordas vocais tremerem), fazendo quem está tentando se sentir o pior cantor que existe.

Há ainda o momento de ter feito um bom verso, mas a cobrança de conseguir realizar uma tomada melhor toma conta, criando um ciclo de perfeição que somente o artista vai perceber (e é inútil para a música). Se o produtor diz que está bom, geralmente é porque está, e o resto faz parte da loucura da própria cabeça do artista.

Nessa hora, o apoio da banda é totalmente importante, já que só depois que saímos e conversamos sobre outras coisas, consegui esfriar a cabeça e cantar de maneira satisfatória. Ainda acho que utilizaram o segundo *take* (que geralmente é o que fica melhor). Apesar de tudo, foi muito divertido e tratamos aquilo como se tivesse sido uma experiência única, como de fato foi.

O primeiro trabalho da banda como conjunto estava registrado de maneira profissional. Novamente, não sabia o que fazer com aquela gravação. Conversando com alguns colegas de outras bandas, decidimos colocá-la em um site recente chamado Trama Virtual, que, na época, parecia ser a única forma de conseguir divulgar a música. Como a seleção para participar do próximo PMW Rock Festival estava aberta, inscrevemos nossa banda com a gravação recém-feita, o que nos permitiu realizar um ensaio-teste com as outras bandas selecionadas.

Nessa época, já tinha familiaridade com os outros artistas locais, apesar de não conhecer todos pessoalmente. No dia do ensaio geral, que ocorreu em um espaço cultural da cidade, fomos com a intenção de trocar ideias com as outras bandas e aprender algo sobre qualquer coisa. No local, havia bandas locais como Críticos Loucos, Boddah Diciro e Sinestesia (bandas de rock genuinamente tocantinenses), todas elas já com boas músicas autorais.

Quando assisti à apresentação de todas as bandas na passagem de som, percebi como a música pode criar diferentes caminhos dentro de uma mesma similaridade. Apesar de todos terem referências parecidas (o que constatei depois de conversar com eles), cada banda era distinta e produzia sua música de maneira peculiar. Penso em quantas bandas boas se perdem com o tempo, sem espaço para apresentar sua boa arte, sufocadas pela sociedade e pelo consumismo que produz falsos artistas, que geralmente querem aparecer na frente do produto, o qual é apenas um meio para sua aparição.

Após a apresentação de algumas bandas, na nossa vez de passar o som, depois de plugar os instrumentos, olhei para a plateia de músicos e vi que estavam ali todos aqueles que ditavam o que era *cool* na cidade.

Geralmente, a raiva, em um show de rock, é um combustível forte para quem está no palco, já que ela vai colocar para fora quem você realmente é, aquilo que você não pode esconder. A sintonia da banda naquele dia, naquele momento, foi perfeita. Acredito que tenha sido nossa melhor apresentação juntos, mesmo sendo apenas uma música. Após aquele dia, todos que estavam presentes sabiam o nome da banda e nossos nomes quando estávamos em qualquer tipo de evento musical na cidade. Fomos para o festival com a confiança de que faríamos um grande show, um que ficaria para a história da banda. Todavia, no dia, fomos acometidos por uma série de maus momentos.

Para começar, nosso meio de locomoção, que era uma moto emprestada pela namorada do Camargo, teve o pneu furado, e tivemos de correr para, em cima da hora, conseguir uma carona para levar todos e também os instrumentos. Naquela época não havia Uber e um táxi era o olho da cara. Já os ônibus tinham horário irregular e aos fins de semana diminuíam seu fluxo, o que não nos permitia depender deles. Cazé acabou fazendo o papel de táxi e fez várias viagens com sua motoneta para conseguirmos levar os instrumentos. Por conta disso, chegamos atrasados e perdemos parte do tempo que tínhamos no palco. É importante dizer que tudo isso foi feito debaixo de chuva, já que caía o céu nesse dia. Em cima do palco, estressados com tudo o que já tinha acontecido, não tivemos energia suficiente para contornar a situação.

Depois da primeira música, uma das cordas do Cazé arrebentou, deixando-nos ainda mais desanimados. Não foi um bom dia para nós. No *review* do jornalista que veio de outro estado cobrir o festival, havia apenas uma linha sobre nós: "O festival começou com a banda Essência de Horácio". Só isso.

Escolhas ALTERNATIVAS

Os shows, que já eram pontuais, diminuíram ainda mais. Apesar de os festivais em Palmas começarem a crescer, com a cena aumentando e sua diversidade de bandas autorais, ficava cada vez mais difícil acompanhar o que estava acontecendo. Pessoalmente, a vida começou a cobrar um posicionamento sobre o que faria do meu rumo como artista. Nesse período, meu irmão mudou de curso superior duas vezes, passando de jornalismo para ciência da computação e, posteriormente, para direito, todos na federal do Tocantins.

Por fim, na última vez ele tinha encontrado seu curso. Ao mesmo tempo, estava em um relacionamento sério, tendo decidido ir morar com sua namorada. Eu estava determinado a fazer o curso de história, já que era a matéria que mais gostava no colégio e também aquela com a qual me identificava mais, pois sempre gostei de ler e analisar fatos históricos. Comecei a fazer cursinho pré-vestibular e passei mais tempo dedicado ao estudo, tentando levar a sério a ideia de ter uma profissão alternativa que não fosse a carreira de músico.

Isso porque eu não tinha qualquer confiança para me tornar um músico profissional. Por mais que amasse compor e criar tanto harmonias quanto melodias, não conseguia enxergar uma carreira viável que me sustentasse, já que o caminho que queria trilhar era o da independência artística. Soma-se ainda que não possuía habilidade suficiente para me tornar um músico profissional, já que meu interesse sempre pendia para parte de criação e não para reprodução.

Além disso, minha família já precisava da minha ajuda para acertar as contas em casa. Eu não suportava ver meus pais sendo cobrados mensalmente por atrasar o aluguel. Nessa época estávamos devendo no mercado e na padaria da esquina, colocando minha mãe em um esquema de constrangimento na própria quadra onde morávamos, já que era ela que sempre lidava com a situação. Isso era diferente do que ocorria antes, quando ela segurava a barra de tudo sem qualquer problema.

Meu irmão, que sempre ajudava em casa, agora tinha sua própria vida, e, como estava bem no começo do seu relacionamento com a namorada, precisava dar mais atenção para sua nova perspectiva. Isso era mais do que justo. Eu ainda trabalhava na locadora, mas o dinheiro que recebia lá não era suficiente, tornando-se, naquele momento, muito mais um passatempo do que uma fonte de renda significativa.

Com tudo isso acontecendo, eu tentava equilibrar continuar com a banda e estudar para construir uma carreira comum. Cazé e Max também buscavam oportunidades para melhorar de vida, já que nenhum de nós era abonado financeiramente. Enquanto Cazé tentava entrar na faculdade, Max começou a tocar profissionalmente em uma banda de baile, realizando também apresentações com artistas de diversos estilos para conseguir se sustentar. Todos nós precisávamos nos estabelecer de alguma forma.

Paramos por um tempo para refletir sobre nossa situação. Próximo ao meu vestibular, meu irmão teve uma conversa comigo que me ajudou a ter uma perspectiva diferente do rumo que eu iria tomar na vida. O estado em que vivíamos era um lugar novo, com várias possibilidades diferentes, apesar de limitado em alguns aspectos, como ter uma carreira rentável na arte.

Meu irmão me disse que, se eu realmente desejava ser um artista independente, deveria fazer um curso que me desse uma carreira sólida, para que eu pudesse realizar um concurso público para algum cargo que permitisse continuar tocando minha música e, como bônus, ajudar nossos pais. No começo do estado do Tocantins, as melhores oportunidades sempre vinham de concurso público.

Posso afirmar com segurança que, dentro daquela perspectiva, foi um ótimo conselho. Ter um olhar de fora e um direcionamento correto, nessa idade, é fundamental, já que é nesse período que ansiamos pelo mundo todo. Aprender a direcionar corretamente o que desejamos é uma escolha que pode mudar toda sua vida. Essa escolha não deveria ser tão fundamental nessa idade, como é de fato.

Ao mesmo tempo, ele se preocupava em não deixar eu desistir de fazer o que gostava. Não sei se foi a melhor escolha que fiz, mas sei que fiz de coração. Foi então que decidi fazer o curso de direito. Simultaneamente, iniciei o curso técnico de informática na antiga Escola Técnica Federal, permitindo que conseguisse um estágio com uma remuneração maior.

Depois de não passar no vestibular na universidade federal, meu irmão me deu forças para tentar em uma instituição particular, oferecendo ajuda no pagamento, dividindo comigo a mensalidade. Assim, comecei o curso de direito e o curso técnico de informática. Em seguida, troquei de estágio e passei a trabalhar na área jurídica, acreditando que as oportunidades poderiam aumentar. No primeiro escritório que me aceitou, com o cabelo grande e a postura de roqueiro, permaneci apenas seis meses.

Durante esse período, não recebi pagamento, apesar de ter tirado tantas cópias de processos que nem pude acreditar. O que me deixou mais irritado foi a quantidade de vezes que, ao parar no ponto de ônibus, imediatamente começava a chover, sempre me pegando desprevenido.

No dia que levava guarda-chuva não chovia. No dia que não levada caía o céu. É incrível como o pobre pode ser azarado de diversas maneiras. Quando saí do escritório, no último dia, nem mesmo um agradecimento foi dado. Saí de lá como se nunca tivesse entrado, mesmo me esforçando muito.

Logo depois, passei no concurso de nível médio em uma autarquia, o que me proporcionou uma certa estabilidade, liberando meu irmão e permitindo-me contribuir mais em casa. Nesse meio-tempo, tentei retomar a banda, pois, mesmo com tudo acontecendo, não parava de criar músicas novas. As influências mudaram e a maneira como via a música começou a seguir uma nova direção.

Me mostra a pena que te faço ver o meu valor,
me dê a chance pra mostrar o que vejo também,
me dê um abraço pra eu memorizar o seu calor.

Assim que possível, tentei marcar os ensaios, conversando com todos sobre voltar a tocar com empenho. Já tinha passado mais um ano. Camargo, sempre presente, conseguia tempo para retomar os ensaios. Cazé, ainda melhor do que antes, já que não tinha parado um dia sequer de treinar escalas e tirar solos, também disse que topava.

Fui até a casa do Max, animado e feliz para contar que íamos voltar com tudo. Ao conversar com ele, percebi que, apesar de estar empolgado para retomar, estava claro que ele teria de se esforçar para ensaiar conosco novamente. Ele já estava tocando com os melhores de Palmas, recebendo cachês por cada apresentação. Não seria justo colocá-lo nesse mar de insegurança com uma banda que não proporcionava nenhum retorno.

Meu amigo Max, que baterista incrível. Após um tempo tentando, não continuamos juntos, apesar de o carinho permanecer. Voltamos ao ponto de recomeçar e procurar um novo baterista.

AMORES PERDIDOS

Nesse tempo todo, enquanto tentava criar minhas músicas, equilibrava meu tempo entre estudar, trabalhar e me encontrar com os amigos quando possível. Junto a tudo isso, tive alguns relacionamentos. Contudo, alguns poucos, de fato, me marcaram. Não que eu fosse o homem de gelo, já que, em quantidade, me apaixonei algumas vezes.

Ainda no Rio de Janeiro, jogando futebol, no distrito de Xerém, que ficava no município de Duque de Caxias, tive minha primeira paquera séria, já que passava boa parte do meu tempo pensando nela quando estava longe, imaginando o que ela estaria fazendo de dia e sonhando com ela à noite, ao adormecer.

Ela era uma menina que morava próximo à pensão em que morava (na Mantiqueira). Com um jeito meigo ao falar, tinha cabelos pretos longos e uma timidez que era semelhante à minha. Com pele cor de leite e os olhos castanhos, me hipnotizava toda vez que conversávamos. Evangélica, apesar de serem poucas nossas conversas, quando nos víamos, sentíamos um amor muito grande, o que me dava força para aguentar todos os perrengues no Rio com o coração cheio.

Quando voltei a Palmas, recebi uma carta dela de cortar o coração, dizendo que me esperava voltar para construirmos uma relação mais séria, e que, apesar de serem poucas as vezes que estivemos juntos, sabia que tínhamos uma conexão que ia além de um encontro juvenil. Passei anos pensando nela e também como seria reencontrá-la mais uma vez.

Depois que cheguei a Palmas, fiquei um tempo sozinho, para depois, já um pouco mais adolescente, ter meu primeiro compromisso com a denominação namoro. Sarah era uma garota bem atormentada e rebelde, que nunca tinha se acostumado com o fato de ter sido adotada, vivendo em pé de guerra com sua família. Tinha a cor de jambo e era muito pequena. Apesar disso, ela era voluptuosa e bem à frente do seu tempo.

Sarah era muito popular na escola e também muito inteligente, estudando uma série acima da minha, junto com o Camargo. Lembro-me de que a conheci quando em, um dia qualquer, fui pela primeira vez em uma boate em Palmas, chamada Atlanta Boliche Bar. Enquanto estava conversando com Edgar, comecei a conversar também com essa sua amiga.

Namoramos por cerca de três anos, mesmo não tendo muito a ver um com o outro. Pensando melhor, depois que acabou, percebi que ela gostava muito de música, já que sempre que havia algum show na cidade, íamos, com ela empolgada cantando todas as músicas dos seus queridos artistas: Zezé Di Camargo e Luciano e Leandro e Leonardo.

Eu, que estava na fase mais *grunge* da minha vida, não ficava muito satisfeito, a despeito de acompanhá-la sempre. Apesar de as músicas serem conhecidas, não conseguia me identificar com nada que não viesse do rock. Para mim as letras eram distantes e nada tinham a ver com minha realidade.

Diante disso eu a acompanhava e tentava aproveitar o que podia, enquanto ela gritava e cantava todas as músicas. Existia uma conexão que fazia sentido mesmo sem ter os mesmos gostos. Sua família sempre me tratou muito bem e me acolheu como filho, carregando-me para todos os lugares que iam, mesmo sabendo que não tinha dinheiro para pagar qualquer tipo de conta.

Como convivia muito com sua família, passava bastante tempo com sua avó, que não sabia ler. Um dia qualquer essa avó me disse que seu sonho era aprender a ler e escrever, mesmo com oitenta anos de idade. Por causa disso, ia à sua casa todos os dias para ensiná-la a escrever algumas letras. Com uma força de vontade surpreendente, conseguiu até mesmo ler algumas passagens da sua Bíblia, o que me deixou muito orgulhoso.

Aprendi demais com esse relacionamento. O que tínhamos era diferente e o que nos mantinha juntos era um apego emocional juvenil, ligado também à confusão de crescer solitários num contexto em que nos agarrávamos a qualquer pessoa que nos desse um pouco de atenção sincera.

Com o passar do tempo fomos nos distanciando por causa de diferenças essenciais, como o valor que dava para a arte e sobre o quanto queria falar sobre isso. Talvez eu também não tenha mostrado muito interesse pelas coisas que ela dizia, o que fez com que se afastasse.

Um dia, quando brigamos, acabei saindo com uns amigos para uma festa em outro bairro na cidade, em um lugar barra-pesada. Para chegar lá, fomos todos na traseira de uma Pampa (cerca de cinco pessoas, incluindo Edgar, Camargo e Cazé).

Quando chegamos, uma das garotas locais gostou de um dos meus amigos, que era o bonitão da turma, deixando os amigos delas loucos de raiva. Uma outra garota veio então até Camargo e explicou que era melhor irmos embora de lá, já que seus amigos estavam organizando uma galera para nos linchar. Meu irmão foi catando metade dos meninos e eu fui em busca do Cazé.

Quando me deparei com ele, neste momento já ciente do que estava acontecendo, se mostrava com metade de um coco na mão, ameaçando todos aqueles que queriam nos pegar, dizendo que podiam vir, sem qualquer medo do perigo. Mesmo assim, arrastamos ele e os outros para o carro, e sentados na carroceria aguardamos o motorista acionar a ignição para darmos o fora dali.

Carro velho não liga quando você precisa. Demorou demais. Enquanto aguardávamos a partida, começamos a receber socos e pedradas. Além disso, os caras tentavam nos puxar para fora da Pampa. Quando o carro conseguiu sair em disparada, rimos como crianças que éramos, achando que íamos passar por aquilo sem maiores consequências, tirando sarro daqueles que ficaram.

Mas quando levantei a camiseta de um dos amigos, que estava na minha frente, vi um buraco do tamanho de uma tampinha de refrigerante nas suas costas. Logo em seguida ele começou a gritar de dor e pedir que o levassem para o hospital. Não me lembro de estar num carro com aquela velocidade qualquer outro dia em minha vida. Ainda mais na carroceria.

Como o bairro ficava distante do centro da cidade, onde era o hospital, o carro velho teve de percorrer cerca de oito quilômetros até chegar ao nosocômio. Quando chegamos lá, era possível perceber que meu amigo já tinha perdido muito sangue. Além de as nossas roupas estarem encharcadas de sangue, era possível ver que seus olhos estavam sem cor e com o corpo todo roxo.

Direto para a sala de operações. Ninguém entendeu como ele sobreviveu. No final da noite, quando estávamos conversando sobre o acontecido, Sarah chegou ao hospital e me abraçou como uma mulher adulta, mesmo sendo uma adolescente.

Percebi-a naquele momento como uma mulher madura, já que me abraçou com empatia e sem julgamento, diferentemente das outras pessoas conhecidas que estavam ali, pois nos responsabilizavam pelo ocorrido.

Nunca me esqueci desse momento, o sentimento de carinho em seu colo, mesmo ela não sendo minha mãe. Foi a primeira vez que tinha sentido aquilo com uma pessoa fora da família. Senti aquilo com uma reciprocidade verdadeira.

Apesar de ter demorado um ano para meu amigo se recuperar, ele conseguiu com muita determinação sobreviver ao ocorrido. A faca que entrou pela parte de trás das suas costas chegou a perfurar seu coração. Os médicos não acreditaram que ele tinha sobrevivido.

Enquanto isso, meu relacionamento foi se desgastando e, depois de alguns meses do ocorrido com meu amigo, começamos a ficar cada vez mais distantes, vindo então o namoro a acabar naturalmente, com ambos entendendo que aquilo não estava mais funcionando.

Depois disso, fiquei uma época solteiro, aumentando os laços com meus amigos, que nada tinham a ver com música (apesar de eles consumirem bastante arte). Uma época divertida em que aprendi o significado de companheirismo e amizade verdadeira.

Quase entrando na vida adulta, aprendi a beber. Saímos para lugares de todos os estilos, conhecendo gente de todo tipo. Sempre que podiam, algumas pessoas jogavam na nossa cara que tinham mais dinheiro do que nós. Havia outras que ao primeiro encontro julgávamos muito rápido, e posteriormente se mostravam grandes quando as conhecíamos melhor. Arrumamos alguns amigos improváveis e alguns inimigos que até hoje não sabemos por que não gostavam do nosso grupo.

Em uma dessas aventuras, em uma casa de música que estava tocando uma banda de forró, conheci uma garota chamada Soninha, com seu cabelo escuro e sua pele de cor parda.

Lembro-me de que todas as vezes que a via estava com uma mecha do cabelo pintado de uma cor diferente, parecendo a Ramona Victoria Flowers. Era simpática e tinha uma conversa bem agradável e descontraída, não parecendo distante mesmo quando eu falava sobre algo que ela não conhecesse.

A sensação que tinha era de que tudo que ela falava era interessante. Sua empolgação para falar de coisas simples ou de coisas que nunca tinha ouvido falar me deixava empolgado. Todas as vezes que ela me encontrava tinha uma história engraçada para contar. Cada semana era uma aventura, mesmo se ela não tivesse saído de casa. Ela era uma aventureira das coisas simples. Sentia-a como uma pessoa de verdade, que aproveitava tudo o que a vida lhe oferecia.

Me senti muito sortudo por a vida ter me trazido essa pessoa tão especial, que não seguia fluxo e não se contentava em ser mais um tijolo no muro, como dizia o mestre Roger. Eu, apesar de ir com boa vontade para esse tipo de rolê, sempre ficava meio deslocado, já que, definitivamente, um) não sabia dançar; dois) era muito tímido; e três) preferia ficar conversando com as pessoas enquanto meus amigos ficavam curtindo a balada.

No dia que a conheci, conversamos a noite toda e na hora de ir embora trocamos os números dos celulares. Todo fim de semana, dali para a frente, trocávamos mensagens e marcávamos para nos encontrarmos em alguma festa, para assim dar uns beijos e conversar.

Foi um tempo que passou muito rápido, mas foi simplesmente incrível. Acho que foi a primeira vez que fiquei completamente apaixonado. Queixo caído. A sensação de querer encontrá-la todo fim de semana e a angústia do aguardo da resposta da mensagem me deixavam louco. Lembro-me de como era difícil esperar para encontrá-la. Pela primeira vez na minha vida quis ter uma locomoção, seja moto ou carro, para conseguir ir vê-la quando quisesse.

Os fins de semana que ficava com ela faziam-me entender a relatividade. Nesse tempo comecei a ser mais sincero com as músicas de amor que escrevia, já que comecei a entender o verdadeiro significado das palavras que meus heróis colocavam nas suas letras.

Geralmente nos encontrávamos em locais longe do meu refúgio, o Tendencies Rock Bar, que agora tinha deixado de ser apenas uma loja de tatuagem para se tornar uma casa noturna. Apesar de ainda sair bastante com os amigos, normalmente combinava para encontrá-la às sextas-feiras.

Em um dia qualquer fui até o Tendencies, no meio da semana, em uma quarta-feira, a fim de encontrar alguns amigos. Chegando lá a encontro, minha parceira de fim de semana. Eu que já tinha bebido altas, quando a vi, fiquei efusivo e falador, demonstrando claramente minha alegria de encontrá-la no meu santuário. Como ela também tinha bebido, acho que comemorava o aniversário de alguém, também estava em um estado alterado.

Devo tê-la assustado, já que eu, que era mais calado, estava falante demais naquele dia. Quando fiz um comentário sobre nós, que nos encontrávamos ali bêbados e descabelados, vi imediatamente na sua cara que tinha falado alguma coisa errada. Imediatamente ela se despediu de maneira seca e foi embora. Sabia claramente que tinha feito alguma besteira, mesmo sem saber exatamente o que tinha dito de errado. A partir daí não respondeu mais minhas mensagens. Ela nunca me perdoou pelo que tinha dito. Agora eu estava de coração partido.

E como ficou partido. "Black", do Pearl Jam, nunca fez tanto sentido. Foi exatamente nesse momento que entendi o profundo significado da parte que Vedder canta: *we belong together.* Escutava repetidamente a versão acústica, que tem um final com a letra estendida. Depois de um tempo bem longo, ela mandou uma mensagem para mim, desejando um Feliz Natal. Acho que foi depois de uns seis meses. Nunca mais falei com ela. Partiu meu coração em dois. Escrevi essa música:

> *Ontem não dormi, esperei você chegar,*
> *quanto tempo passou desde aquilo e se foi,*
> *como uma ave que volta pra casa,*
> *não me lembre os nossos bons tempos,*
> *algumas coisas a gente sempre quer mudar,*
> *mas a força que deixou pra mim eu preciso,*
> *pois seu perfume está prestes a acabar.*

Tempos depois fiquei próximo de uma amiga dela (não de uma maneira proposital), que me contou sobre seu problema capilar, e que não tinha nada pior para ela do que falar algo sobre seu cabelo. A vida tem disso, falar a coisa errada na hora errada às vezes parece ser uma regra para as coisas que não dão certo. Certamente não foi só por isso que ela não quis mais saber de mim. Com o coração partido e à procura de um baterista estava eu.

Encontrando um BATERISTA

Mesmo fazendo faculdade, escola técnica, trabalhando e com uma decepção amorosa nas costas, parti em busca de um baterista, alguém que topasse se aventurar no difícil mundo da música autoral conosco. Conversava e trocava ideias com o pessoal da música, mas naquela altura era difícil encontrar alguém que já não estivesse comprometido em tocar na noite ou que já estivesse com uma banda formada e que tivesse tempo para ter duas autorais.

Até chegamos a ensaiar com alguns, mas o comprometimento que havia neles era muito fraco, o que me decepcionava, já que para cada deslocamento até a casa do sujeito eu perdia um tempo que não tinha e gastava a cara gasolina que precisava colocar na moto da minha cunhada.

Há um ponto comum engraçado que reparei quando me relacionava com esses músicos. A experiência que tive me fez ver que os ensaios não eram tão bem aproveitados quanto deveriam ser. Apesar de os shows ao vivo serem o combustível para uma banda seguir em frente, dificilmente a banda autoral vai se sustentar apenas com cada um tirando a música em casa, sozinho. Com o tempo, a ligação criada no estúdio (mesmo que seja ensaiando na casa de alguém) faz nascer, acredito eu, a conexão necessária para uma música ficar verdadeira e sincera. Não vejo com bons olhos músicos que não gostam de ensaiar, conforme minha experiência com o passar dos anos.

Paralelamente a isso, meus amigos e eu continuamos a sair e conhecer pessoas diferentes. Foi o tempo de exagerar na bebida. Vinho, para ser mais exato. Garrafões de vinho barato que nos deixavam com as piores ressacas no outro dia. Na praça da cidade, jurávamos que não íamos mais beber aquela coisa, mas, certamente, no fim de semana seguinte, estávamos lá, com os copos de plásticos cheios e passando muita vergonha. Quando não havia nada para fazer, íamos para a praia (pessoal de fora chama de prainha, que é a praia de rio) fazer luais e conhecer garotas diferentes, que sempre circulavam por lá.

Como só pensava em arte, acho que entediava as garotas que conhecia, já que meus assuntos sempre desembocavam para esse tipo de conversa, sobre algum filme novo, um diretor tradicional, filmes clássicos, discos antigos que ninguém conhecia. Era difícil para mim, já que somente meus amigos gostavam de conversar comigo sobre isso (e se esforçavam, já que às vezes era repetitivo).

Naquela época, apesar de ter um gosto musical mais tradicional, voltado aos clássicos, gostava de ser surpreendido com uma banda diferente que fosse realmente boa, ou algum filme novo que não tinha visto, por exemplo. Estava quase aberto a tudo. Isso porque não conseguia me desvencilhar de alguns pensamentos tradicionais, o que depois me fez ver que era preconceituoso.

Nessa época me aproximei de um cara chamado Marcus, que era praticamente o único que me apresentava coisas novas e diferentes, me surpreendendo sempre com uma música boa de uma banda desconhecida. Lembro-me de quando ele me apresentou "Up the Bracket"; fiquei imediatamente louco com uma banda nova fazendo tanto barulho de qualidade.

Passávamos horas conversando sobre cultura, filmes e música, sempre fissurados em encontrar uma coisa melhor para assistir, ler ou ouvir. Mais velho que eu e muito inteligente, ele me ensinou muita coisa sobre a vida e a maneira como lidar com ela, já que ele era calmo e nunca o vi levantando a voz para ninguém.

A maneira que lidava com as coisas era ditada pelo pensamento e lógica, sempre resolvendo tudo com muita calma. Era o mais querido e admirado por todos os nossos amigos, já que sempre estava presente prontamente quando se precisava dele. Um sujeito impressionante, por assim dizer.

Como meu irmão estava em seu relacionamento sério e tinha menos tempo para me acompanhar nos rolês, acabou que foi Marcus a companhia que o substituiu. Conheci-o por meio de Camargo, já que estudaram juntos.

Como o Camargo não estava mais com tempo para sair com ele, já que estava focado no relacionamento, eu herdei seu amigo. Tivemos muitas aventuras juntos. Éramos inseparáveis. Começou a fazer cursinho comigo e nossa jornada continuou até quando terminamos o curso de direito.

Ele me ajudava com as minhas garotas e eu o ajudava com as dele. Com ele houve muitas duplas e parcerias. Me deu força na época da Soninha e também dei força para ele na época em que não conseguiu ficar com a garota por quem tinha se apaixonado. Nós a chamávamos de "Nescau". Seu apelido foi criado porque em vez de tomar cerveja ou vinho nas festas, ela tomava achocolatado.

Saíamos para as festas em seu carro verde que chamávamos de abacate. Certa vez, depois de sair de uma festa que cortamos noite afora, dentro do abacate, um dos amigos que estava conosco começou a gritar para acelerar, falando que ele não tinha coragem. Era como chamar McFly do *De volta para o futuro* de galinha. Dentro do carro e à frente do volante era o único local que ele se transformava. Perdia aquela sua calma natural.

Quando rodamos na rotatória e quase capotamos o carro no meio-fio do outro lado da rua, esse outro amigo, que pediu para acelerar, ficou com vergonha do que tinha acontecido, fugiu e nos deixou lá. Um outro amigo que estava no carro foi atrás dele. Enquanto isso, Marcus e eu ficamos esperando chegar o guincho conversando sobre a vida, com o som do carro tocando as músicas que só nós gostávamos. Mesmo depois de tudo aquilo, se mostrava calmo. Toda semana era uma aventura diferente com o abacate.

Em outro desses dias, decidimos sair até uma festa que acontecia num lugar alternativo, diferente daqueles que sempre frequentávamos. Lá, conhecemos um pessoal que estava acompanhando a garota mais *cool* da cidade. Todo mundo da cena musical de Palmas sabia quem era ela. Jornalista e DJ, era conhecida por entender muito de música e também por não fugir de uma treta.

À frente do seu tempo, tinha o visual de uma garota saída direto dos enlatados norte-americanos. Tinha um cabelo preto curto e um piercing de argola na boca. Usava um vestido branco largo que combinava com sua pele clara.

Marcus, que tinha muita confiança em mim, abriu caminho no meio daquele pessoal desconhecido que estava com ela, e eu, sem saber, fui apresentado como o cara que achava melhor Rolling Stones do que Beatles, e podia provar para ela. Desde a primeira vez que conversei sobre música com ela, soube que estava falando com a pessoa que mais sabia de arte que já tinha conhecido.

Ela não conhecia apenas as músicas que eu conhecia ("Breathe", "Karma Police", "Modern Age"), mas também o nome dos discos e quem era seu produtor ("Nevermind", Butch Vig). Conhecia ainda sobre cinema e os maiores diretores (Allen, Godard, Hitchcock), já tendo assistido até mesmo àqueles filmes que nunca tinha conseguido assistir por falta de acesso, como *Os Sete Samurais*, de Akira Kurosawa.

E mais: conhecia literatura (Bukowski, Hemingway) e ainda era escritora. Muita areia para o meu caminhão. Na sua bolha, vivendo num mundo em que você é a pessoa que mais gosta de um assunto, é possível que seja a referência e isso acabe fazendo acreditar que não há ninguém igual. Mas sempre tem alguém que sabe mais, sempre.

Enquanto tentava acompanhar tudo aquilo que era dito por ela, pensava como fui tolo em achar que sabia algo sobre alguma coisa. Naquele dia, tive uma das conversas mais interessantes da minha vida. Ela me contou sobre a importância dos Beatles, como eles se transformavam em cada disco e que eles, diferentemente dos Rolling Stones, sempre traziam uma coisa nova que se incorporava ao mundo pop da música. Dizia que não era possível fazer uma comparação entre os dois, já que a relevância para a arte era muito maior em relação aos Beatles.

Engraçado como, só com o tempo, entendi o que ela queria dizer sobre aquilo. De fato, ela estava certa. No final da noite, antes de ir embora, me deu um beijo rápido de despedida. Não sei se mereci, já que fui o convencido.

Meus amigos, enlouquecidos para saber o que tanto eu conversei com ela, aguardavam também outro amigo que estava ficando com uma garota. Depois de contar o que tinha acontecido a eles, fui até o banheiro e, na volta, me deparei com um cara que tocava numa banda alternativa que estava fazendo muito sucesso em Palmas.

Logo me disse quanto tempo não me via fazendo um som, momento em que expliquei para ele que precisava de um baterista, já que o Max estava muito atarefado com as *gigs* e suas outras bandas. Ele me lembrou então do episódio em que nos conhecemos, da primeira vez que tocou ao vivo, na Racan.

Disse-me que ao sair do palco, ao me encontrar, demonstrou sua insatisfação porque a galera não curtiu tanto quanto ele (mesmo não me conhecendo). Disse também que falei para ele não se preocupar com isso, já que o importante de verdade é que ele tenha se divertido fazendo seu som. Explicou que isso o ajudou a não se preocupar primeiro com o público e aproveitar mais quando estava tocando, lembrando disso toda vez que tocava. Seu nome era Luiz e, naquele momento, por conta do que falei aquele dia, me informou que seria meu baterista dali para a frente.

Ressaca MUSICAL

Existem dias que a gente não esquece. Dias que mudam totalmente o rumo da sua vida e que fazem você pensar como seria se fizesse qualquer coisa diferente e assim te afastasse do momento-chave dos acontecimentos que consolidaram seu caminho, um que você acredita ser o seu.

No mesmo dia da fatídica festa, conheci Marina e, de fato, Luiz. A primeira, a partir daquele dia, não mais saiu do meu pensamento, me fazendo sempre pensar nela. O segundo, posteriormente, mostrava que seria um grande amigo e parceiro para qualquer coisa.

No dia da festa, mais cedo, quase desisti de ir por não ter dinheiro para gastar com a entrada. Geralmente, os lugares que íamos eram abertos ou bares, em que todos faziam vaquinhas para comprar as cervejas da noite.

Apesar de ser pouco, naquele dia tínhamos que, além da entrada, pagar pela bebida que não estava nada barata. Ganhando meu próprio trocadinho, ficava cada vez mais focado no que valia ou não gastar o suado dinheiro. Capricorniano, eu precisava me convencer de que valia a pena ir a algum lugar em que a entrada era paga. Naquele dia em específico, tudo indicava que não valeria a pena.

Era uma festa alternativa em que haveria um "DJ de trance". Geralmente as pessoas ficariam dançando bastante depois de comer a balinha e provavelmente não haveria espaço para qualquer tipo de conversa. O compromisso chegou quando um dos amigos usou a carta de "vou encontrar uma garota, não animam de ir comigo?". Covardes éramos, com certeza. Mas prefiro pensar que éramos como uma matilha. E quem diria que seria uma noite especial? Hoje eu entendo perfeitamente que nos dias menos pretensiosos acontecem as coisas mais inusitadas.

Naquele dia, esse amigo conseguiu uma namorada e eu, além de achar o baterista de que tanto precisava, arrumei alguém para pensar em todas as noites dali para a frente. Os dias seguintes passaram como se fosse um sonho louco que entraria para nossa história.

Nas semanas seguintes não perdi tempo e logo marcamos a data do nosso primeiro ensaio, a fim de começar a entrosar todos os membros da nova banda. Ao lado da casa do Luiz, mas parte do mesmo terreno, havia um casebre vazio, da sua família mesmo, que nos permitia passar muito tempo lá, fazendo nossas músicas e ensaiando feito loucos. Era maravilhoso aquele lugar. Luiz, além de ser muito interessado na música em si, era focado e determinado, tentando urgentemente tirar todas as canções o mais rápido possível para voltarmos a tocar ao vivo.

Luiz era viciado em tocar e não deixávamos de ensaiar uma semana sequer. Ele equilibrava seu tempo com conosco e também com sua outra banda, que fazia bastante sucesso na cena (chamada Asteroid 66), além, ainda, de suas várias *gigs*, já que tocava também na noite com artistas locais. Mesmo assim, colocava nossa banda como prioridade, deixando muitas vezes de ganhar dinheiro para tocar com a gente.

Ensaiamos bastante até chegar ao ponto de começar a tocar. O que ajudou muito também foi sua experiência na noite tocando covers, que o fazia ter muita habilidade em saber exatamente que *groove* colocar em cada parte da música, diferenciando a estrofe do refrão, bem como a preparação da virada na hora do solo. Depois de poucos meses, estávamos prontos.

A primeira tocada com a nova formação, em que saía Max para a entrada do Luiz, foi no Tendencies Rock Festival, agora já sendo uma casa de show grande que tinha estrutura para receber até mesmo artistas nacionais. Lá assisti Matanza, Boogarins, Vanguart, entre outros.

Estávamos tão empolgados que nesse dia comecei a ficar mais nervoso que o normal, já que há tempos não subia num palco. Naquele dia em específico comecei a bebericar cedo uma garrafa de vinho, para adquirir confiança e chegar no palco com a certeza de que nada daria errado. Meus amigos me acompanharam e estávamos todos nos divertindo e conversando bastante ali na porta do Tendencies, aguardando a hora de entrar.

No momento do show, eu, que já estava grogue, fiquei totalmente entusiasmado quando me comunicaram que a cerveja seria liberada para o pessoal das bandas. Antigamente, acredito, devia até ser liberada para as bandas a bebida alcoólica, mas não dava importância para isso, já que geralmente levava minha própria garrafa de água.

Continuei no palco ingerindo o que podia e me libertei o máximo, aproveitando cada minuto do nosso retorno aos palcos. Cada música que tocávamos, cada *groove* que o Luiz fazia, cada *riff* que o Cazé travava e cada linha que o

Camargo dedilhava, trazia o sentimento de saber o lugar a que se pertence, mesmo que fosse por apenas trinta minutos. O público recebeu bem nossa banda, que gritava e batia o pezinho com uma latinha de cerveja na mão. Não há lugar como esse. Passou muito rápido.

Muitos já sabem, o que é mudar,
sentado num canto vazio sem ter você,
tão solitário, perdi meu valor,
chorando com copo de vinho sem gosto algum.

Depois que o show acabou, estava tão bêbado que não conseguia entender mais nada do que estava acontecendo. Quando as pessoas falavam comigo via apenas borrões, colocados em câmera lenta em uma sintonia que não estava na mesma da minha.

Apesar de lembrar bem da apresentação, do quanto foi divertida, só fui saber mesmo o que tinha acontecido no outro dia, quando acordei na casa de um amigo antigo, aquele mesmo que tinha recebido a facada. Marcus me lembrou que depois do show meu irmão foi embora por causa de uma briga que teve com a companheira, logo após ele sair do palco. Luiz, como tinha ainda outra tocada na noite, foi embora após juntar suas coisas, dizendo que ligaria para mim no dia seguinte. Eu fiquei lá com Cazé, mas logo ele se atracou com uma garota e foi embora do festival na sua moto Biz branca.

Então ficamos lá Marcus e eu, procurando a Marina, que tinha dito que ia lá ver os shows do festival. Ele me disse ainda que fiquei bem decepcionado por ela não ter ido e que depois acabei conversando com outras duas garotas que conhecíamos lá da faculdade. Daí, em algum momento da noite, acabei entrando no carro com as duas dizendo para ele que ia embora com elas. Depois Marcus me contou que no meio do caminho vomitei dentro do carro, deixando-as com muita raiva, fazendo com que ligasse para ele ir me pegar. Nunca mais falaram comigo.

O coitado acabou tendo de ajudar a lavar o carro delas, pelo menos os tapetes, é o que me lembro. Amanhecendo, como eu ainda estava muito bêbado, fui levado para casa desse antigo amigo, que não tinha ido para a festa, mas que morava próximo a minha casa. Quando alguém me pergunta se existe perda de memória por conta da bebida, certamente posso dizer que sim, já que aconteceu comigo.

Apesar de essa ressaca não ser suficiente para me fazer parar de beber, de fato, nunca mais misturei cerveja com vinho, já que certamente vai me deixar mal durante e no outro dia.

Ponto de RUPTURA

Enquanto a banda se organizava para tentar arranjar alguns shows, Marina e eu marcávamos de fazer companhia um ao outro para coisas que ninguém queria fazer conosco. No começo não nos encontrávamos com tanta frequência, apenas quando um ou outro sentia vontade de compartilhar algo interessante e desfrutar da companhia do outro. Com o tempo, começamos a nos encontrar mais.

Filmes alternativos, peças de teatro desconhecidas e shows de rap. Tudo o que era diferente do habitual na cidade e com pouca possibilidade de arrumar companhia, íamos juntos. Ela, diferentemente de algumas garotas que eu tinha conhecido, não se importava de andar de ônibus e ia para lá e para cá comigo, mesmo quando chovia ou quando tínhamos de encarar o sol quente pela frente.

Tínhamos conversas intermináveis sobre assuntos aleatórios. Ela realmente sabia de tudo sobre arte. Tipo, tudo mesmo, desde coisas relevantes como quem eram as referências de um cantor alternativo até fofocas de bastidores do mundo artístico. Sabia sobre posicionamento político dos cantores e quais já foram casais.

Lembro-me de ela me contar que Billy Corgan tinha um viés de conservador e que Fabrizio Moretti era brasileiro. Eu, que nunca tinha convivido com uma pessoa desse nível, tinha certeza de que ela logo se cansaria de mim por falar tanta besteira. Apesar disso, ela me mostrava novidades e me fazia ter uma visão diferente sobre as coisas.

Ela me explicava o motivo de bandas, para as quais antes eu não daria a mínima chance (como Arcade Fire, The Flaming Lips, MGMT), serem interessantes, transformando-as no centro do meu universo. Aos poucos comecei a conhecer muito sobre o mundo indie. Sem perceber, eu já estava totalmente apaixonado pela música alternativa que fugia do padrão rock/guitarra, defendendo para os meus amigos esse novo estilo e mostrando tudo o que conhecia para eles.

Deixei o hábito de escutar não apenas a música que gostava do artista, passando a consumir todo o álbum lançado, para assim entender melhor o conceito daquilo que eles tinham produzido em conjunto. Percebi com isso que, ao escutar as músicas dessa forma, você tem maior conectividade com o artista que admira.

Ela sempre me questionava o porquê de eu apenas conhecer muito sobre os artistas mais famosos da mídia e suas referências, mas pouco sobre aquelas bandas que ajudaram o crescimento da cena cultural no período de sucesso daquele grupo. Dizia que se eu exigia das pessoas conhecer as bandas mais famosas, ela ia exigir de mim que eu conhecesse o que ajudou para que essas mesmas bandas fossem um sucesso.

Eu entendia que conhecer as referências do artista era importante, mas talvez o motivo fosse por vaidade e não por curiosidade de entender culturalmente o significado por trás da arte produzida. Foi duro ter que admitir isso (e levou tempo), mas o que sabia sobre meus artistas estava mais ligado à minha própria vaidade do que à apreciação da cultura.

O tempo foi passando e nosso relacionamento começou a se tornar cada vez mais forte. Naquele ponto vivíamos entre nos encontrar para fazer algo ou nos juntar para debater algumas coisas. De qualquer forma, eu não queria ser jogado na zona da amizade.

Toda vez que nos encontrávamos, depois de alguma conversa gigantesca sobre um assunto polêmico e ela me mostrando que eu estava errado, me esforçava para criar um clima de romance e sair de lá com pelo menos um beijo. Ela ficava sempre surpresa, mas retribuía com carinho esse momento.

Criamos esse ritmo que nos mantinha em contato e ao mesmo tempo separados, já que a rotina e tudo o que acontecia nas nossas vidas nos deixava distantes. Depois de um tempo, ela sumiu. E foi assim por quase dois anos.

Fiquei sabendo por uma amiga dela que Marina tinha ido passar um tempo no Rio de Janeiro. Não entendi o motivo de ela não me contar que ia viajar. Logo fiquei com a ideia na cabeça de que tinha perdido minha chance, ficando bem deprimido com tudo aquilo. O tempo passou e eu segui com minha vida, trabalhando cada vez mais e tendo de equilibrar as coisas com a banda. Nessa época, Luiz e eu nos aproximamos um pouco mais, indignados por não termos lugares fixos para tocar com nossa banda autoral.

Íamos nas casas de shows e bares da cidade, mas ainda assim era difícil e tínhamos de improvisar tocando em lugares diferentes e que nem sempre as pessoas estavam a fim de aproveitar uma boa música autoral.

Em um dos ensaios, pensamos então em produzir o nosso próprio minifestival, em que qualquer banda poderia tocar, bastando fazer sua inscrição. Uma banda, depois a próxima. Foi assim que chamamos o evento: "A próxima é minha".

Nesse festival, para as bandas participarem, elas deveriam se inscrever na página do evento do Orkut e irem prontamente no horário marcado para o início da primeira banda. A ordem de apresentação seria revelada somente no momento do começo do festival, por meio de um sorteio, forçando todos os grupos e artistas a estarem presentes durante o início de tudo, fomentando a cena e o público.

Decidido o dia do evento, chegávamos cedo no local escolhido (que geralmente era qualquer praça disponível), carregávamos as caixas de som do Luiz para lá e montávamos todos os equipamentos, fazendo assim o nosso minifestival. Cada banda contribuía com o que podia, seja chegando cedo e ajudando na montagem das coisas, seja emprestando equipamentos ou até mesmo os seus próprios instrumentos.

O evento era aberto e não ganhávamos absolutamente nada com isso. Foi uma época de camaradagem sem igual com os colegas músicos. Luiz e eu sempre éramos os primeiros a chegar, aguardando o restante do pessoal que vinha chegando aos poucos.

Nesses momentos, aquele baterista e eu aprendemos a conversar sobre coisas que nos afligiam: emprego, estudo, carreira; o que queríamos fazer da vida e o que precisávamos fazer para alcançar nossos objetivos. A cada evento que fazíamos, Luiz e eu ficávamos mais ligados, mais amigos, nos divertindo mesmo quando as coisas não davam muito certo durante o festival.

Muitas vezes, quando chovia em dias que não esperávamos chuva, tivemos que correr para arrumar alguma cobertura para os equipamentos. Outra coisa que cansava era arrumar gente para ficar na barraca da bebida, já que precisava de alguém com responsabilidade. Luiz, que trabalhava em uma revendedora de cerveja, conseguia pegar fiado e a preço de custo, o que nos ajudava, já que não tínhamos dinheiro para pagar adiantado. Com o pouco dinheiro que sobrava, pagávamos a gasolina e alguma coisa que tínhamos gasto com o festival.

Não era fácil movimentar tudo aquilo. O minifestival, por causa da nossa boa organização, começou a crescer e logo conseguimos apoio da prefeitura para nos ajudar com palco e equipamentos de som maiores. Passamos a fazer o evento num lugar maior e que pudesse receber mais gente, cedido pela prefeitura local (espaço cultura da cidade), conseguindo a simpatia de toda a comunidade artística da cidade.

Como o evento era gratuito, recebíamos gente de todo tipo, dos mais humildes aos mais abonados. Tudo acontecia em um domingo à tarde, uma vez por mês, durante um ano. Não era fácil, mas tentávamos não perder a disposição.

Mas com o tempo tudo começou a ficar muito oneroso para nós. Sem dinheiro como retorno, acabávamos sempre gastando alguma grana para fazer o rolê acontecer. Sempre tínhamos de comprar algo para ligar os equipamentos e iluminação. Precisávamos também de dinheiro para colocar combustível a fim de pegar os instrumentos e até mesmo alguns músicos, que por vezes não tinham como chegar ao evento. Fizemos enquanto foi possível.

Nesse meio-tempo, meu irmão estava com cada vez mais dificuldade para acompanhar o ritmo da banda e Cazé estava focado em fazer sua carreira solo. Mais velhos, ficava difícil manter uma banda que não tinha retorno algum; e agora fazendo um festival, o trabalho dobrava, nos tomando cada vez mais tempo para organizar e movimentar tudo isso. Precisávamos ainda trabalhar e estudar. A Essência de Horácio (junto com o festival), da mesma forma que começou, acabou, deixando um vazio gigante naquele momento da vida.

Hoje é um bom dia para acordar,
e controlar minha vida,
se os outros dias não foram feitos pelas minhas mãos,
e apesar de enxergar o que está sendo perdido,
vou lamentar se não houver motivos sem ter um caminho.

Em casa, as coisas continuavam ainda difíceis morando de aluguel, situação que piorou novamente quando outro político que meu pai apoiava tinha perdido a eleição. Precisávamos sair dessa situação. Não conseguia focar totalmente em uma coisa só com tanta coisa acontecendo. Com a banda e o festival paralisados, foi a hora de focar na situação familiar.

ENCONTRANDO ALGUÉM

Pela primeira vez na minha vida, depois que retornei do Rio de Janeiro a Palmas, não tinha como foco principal tocar e fazer música. Na minha cabeça, essa situação seria passageira, mas mal sabia eu que seriam alguns anos assim. Com meu coração agora focado em ajudar a resolver de vez a situação da minha família, já que não conseguia suportar vê-los enfrentando dificuldades para pagar as contas todos os meses, comecei a estudar e trabalhar mais do que nunca com o objetivo de tentar contribuir em casa.

Ser um jovem adulto preocupado em construir sua carreira e ainda ajudar sua família nunca vai ser uma tarefa fácil. Naquele momento, tinha acabado de me formar e estava me preparando para encarar a prova da OAB. No último período da faculdade, já havia tentado fazer a prova, mas, ao contrário dos meus colegas que conseguiram, fracassei e não passei no teste. Apesar de me sentir pequeno e desestimulado, não tinha opção a não ser manter a cabeça erguida, pois tinha todo um mundo pela frente para enfrentar.

Nesse momento, precisava passar no teste da ordem para conseguir um aumento no salário, já que o número da OAB era requisito para esse avanço. Meu irmão, que já estava formado e trabalhando em uma das secretarias do governo, sentou-se comigo e me orientou sobre como estudar melhor e fazer a segunda parte da prova, que era discursiva, já que foi onde falhei anteriormente (a primeira etapa da prova é objetiva).

Depois da orientação, passei meses estudando, sem sequer chegar perto do meu velho violão e também sem ouvir qualquer tipo de música, para manter o foco. Naquele momento, apenas ouvir música me machucava. Era difícil dissociar as músicas que ouvia da vontade de criar canções.

Quando chegou novamente o dia da prova objetiva eu já estava focado e com muitos simulados nas costas, o que fez que eu passasse sem muito esforço. Isso não afastou o frio na barriga que tive no dia anterior ao resultado. Com a aprovação da primeira fase, fui buscar a segunda com muito mais medo do que antes, já que não via a mínima possibilidade de ter de aguardar mais outros seis meses para uma nova tentativa.

O dia da prova discursiva foi como um dia de show, em que certamente você tem de se preparar para as coisas darem errado. Naquele dia, acordei cedo e não toquei em um livro sequer. Sabia que não adiantava fazer isso. Apesar de ter dormido cedo, ansioso pelo dia seguinte, consegui ter uma boa noite de sono.

Fiz uma refeição leve no café da manhã e passei a manhã conversando com a minha mãe na mesa da cozinha. Parecia que estava tudo sob controle. Prestes a pegar o ônibus, senti a necessidade de ler o caderno de instruções da prova. Caneta preta. Droga. Caneta preta. Tinha várias canetas azuis.

Revirei a casa em busca de uma caneta preta e só encontrei mais canetas azuis. Apesar disso, fui até um colega que morava próximo a minha casa e consegui uma caneta preta. Mas o sentimento de sufoco e de que as coisas dariam errado já tinha se instalado. Não precisava mais de nenhum drama naquele momento. Tomei o ônibus e cheguei atrasado, quase não conseguindo entrar nos portões. Na cadeira, sentei e esperei desacelerar. E assim fiz a prova.

Fui um dos últimos a sair da sala, tendo de esperar os outros colegas que ainda não tinham terminado para poder ir embora (a ideia é não deixar o responsável pela prova ficar sozinho com a última pessoa que entrega a prova, faz sentido. E também foi isso que me disseram).

Engraçado como para fazer algo de que gosto sempre tenho que me esforçar muito em algo de que não gosto ou que nunca imaginei fazer.

Alguns meses depois saiu o resultado da prova: tinha passado. Assim que pude, fui apresentar no emprego minha nova condição, a fim de tentar conseguir aumentar meu salário e começar a trabalhar na área-fim, assinando as coisas que já vinha fazendo. Aumentar meu salário era essencial para conseguir juntar dinheiro e assim ter um valor suficiente para dar uma entrada na casa que vínhamos namorando financiar. Todos da família começaram a juntar dinheiro para a entrada.

Alguns anos tinham se passado e meu pai estava nos últimos meses de contribuição para sua aposentadoria. Mesmo não sendo no trabalho comissionado, organizou-se com minha mãe e juntou o máximo de dinheiro possível. Meu irmão e eu também economizamos o que podíamos. Mesmo morando em outra casa, Camargo ajudava sempre que possível. A essa altura, eu já não estava saindo e passava a maior parte do tempo em casa e, apesar de não estar mais com a cabeça na criação, produzia algumas harmonias:

Seguindo sem piedade,
sem medo, sem freio,
não sabe onde quer chegar,
com tanto desejo.

Certo dia Marcus apareceu na minha casa, dizendo que ia ter uma festa em um lugar novo, e que talvez conhecêssemos algumas garotas. Eu, mesmo desanimado, estava em dívida com meu amigo, já que há tempos não fazíamos nada juntos. Chegando lá, como era uma festa de música sertaneja, fiquei com meu amigo até encontrarmos alguns outros para que ele não ficasse sozinho; assim que pude, corri para um canto afastado que encontrei, longe do barulho e daquele pessoal que cantava animado aquelas músicas.

A área dos fumantes (que geralmente é apenas uma área aberta) é o melhor lugar para encontrar pessoas interessantes, mesmo que você não fume, como é o meu caso. Muitas conversas loucas eu tive nessa área. Chegando lá, acabei encontrando um banco de concreto, decidindo que ficaria mais meia hora e depois iria embora. Fiquei olhando as pessoas passarem quando, de repente, entra uma garota reclamando, dizendo que não sabia o que diabos estava fazendo ali e que sua amiga estava louca se achava que ela ia ficar parada conversando com aqueles idiotas.

Quando se virou, Marina deu de cara comigo, que estava ali sentado com uma lata de Fanta Uva na mão. Eu não podia acreditar que era ela, ficando petrificado imediatamente. Ela já foi me perguntando se eu não ia falar com ela direito, o que me trouxe de volta ao que estava acontecendo.

Logo em seguida ela me contou que, depois de voltar do Rio, tinha ficado um tempo sem sair de casa, só indo ao novo trabalho que tinha conseguido num jornal perto de onde ela morava (ela era jornalista). Já sentados no banco de pedra, ela falou que teve muitas experiências interessantes e voltou com um olhar diferente das coisas e de Palmas.

Ali mesmo, marcamos para ir assistir a um filme dos irmãos Coen, *Queime depois de ler*, que estava passando no cinema. A noite acabou com a gente indo embora juntos. Depois desse dia, seguimos maratonando e indo ao cinema sempre que podíamos. Apesar disso, voltamos ao ritmo que tínhamos antes, de nos ver pontualmente, sem nenhum compromisso sério um com o outro.

Eu, que já não queria ter de esperar o fim de semana para vê-la, comecei a tentar me aproximar mais, marcar mais coisas juntos, o que ela via com bons olhos. Em um dia que fomos juntos ao Tendencies Rock Bar, ela acabou por encontrar alguns amigos; e como eu não conhecia nenhum deles, acabei me retraindo, tímido como era.

Sozinho no meio de estranhos, bebi além da conta, o que me fez ficar idiotamente arrogante. Quando um dos seus amigos esnobes falou comigo de modo grosseiro, não levando em conta que ela estava comigo, acabei me desentendendo com ele, faltando pouco para sairmos no soco.

Ela, envergonhada, apesar de ter ficado do meu lado, já que ele chegou agarrando sua cintura, me deu um sermão sobre o fato de não termos nada sério que justificasse eu agir como se fosse seu namorado, e que ela sabia muito bem se defender sozinha.

Como estava errado, ouvi calado, esperando minha vez de falar. Quando ela terminou, perguntei se não éramos namorados, o que éramos? Dali em diante, estaríamos juntos sempre.

Experiência ADMITIDA

Tenho comigo que, em um relacionamento que envolve duas pessoas que gostam realmente de música, filme e livros, é quase impossível que não haja uma competição velada (se as duas não têm exatamente os mesmos gostos), no sentido de querer provar para a outra que o seu bom gosto é tão bom quanto o bom gosto do outro.

No meu caso em particular, apesar de acreditar que de fato tinha bom gosto quanto ao que eu consumia, havia do outro lado uma pessoa que amava a arte de maneira muito intensa, que organizava seu conhecimento de modo incomum, levando a sério todas as informações que tinha sobre cada artista e suas obras.

Como homem orgulhoso que era, no começo do relacionamento, senti ressentimento em saber bem menos sobre arte do que a Marina. Por vezes, quando ela tinha uma opinião diferente sobre determinada música, banda ou até mesmo filmes, não dando a importância que eu acreditava que essa fonte merecia, chegava meu momento de defender o que amava, da maneira mais argumentativa possível.

Discordávamos de várias coisas, como o valor das bandas de hard rock, filmes de ação, cantoras pop, punk rock e também bandas de Brasília. Ela gostava muito de artistas brasileiros (como Jorge Ben Jor, Tim Maia e Caetano Veloso), mas tinha um tanto de dúvidas quanto ao talento de bandas como Barão Vermelho, Engenheiros do Hawaii e Legião Urbana.

Seu argumento era no sentido de que eles, apesar de estarem fazendo algo novo no Brasil, estariam parodiando o que recebíamos de outros países. O exemplo clássico seria a Legião Urbana, pois era de conhecimento do meio que Renato Russo amava o punk rock inglês e se espelhava diretamente no Morrissey, até mesmo o jeito que ele se mexia no palco.

Depois que ela me alertou sobre isso, fui perceber que no começo da Legião realmente havia músicas semelhantes ao Joy Division, e que o Russo de fato cantava performando com trejeitos do vocalista do The Smiths. Mas, para mim, pessoalmente, não tirava o seu valor. Eu entendo que a Legião Urbana é uma dessas bandas que ficou muito famosa e foi apropriada por um pessoal que tem mau gosto, e que na maioria das vezes só conhece "Tempo Perdido" e "Que País É Esse". E não tem problema, já que faz parte do sucesso da banda chegar ao público da "massa".

Eu particularmente nem mesmo gosto dessas músicas. Com o tempo, a Legião cresceu e suas composições se tornaram ainda melhores. Existe a lenda de que cinquenta por cento das pessoas que conhecem Legião Urbana gostam e os outros cinquenta por cento a odeiam. Eu estou no primeiro grupo.

De qualquer forma, nossos debates geralmente giravam em torno disso. Na época, eu tinha me atualizado um pouco do que estava acontecendo na contemporaneidade do rock, aprendendo a gostar de coisas novas como The Black Keys,

The Strokes e The White Stripes. O movimento indie estava crescendo e já totalmente no meu foco.

Acredito de coração que arte, seja na música, cinema ou literatura, esteja ligada diretamente a um sentimento verdadeiro que o artista tira de dentro do coração e transforma em algo palpável, ultrapassando o subjetivo e atingindo o objetivo. Difícil admitir isso, mas, de fato, há uma classificação da arte em si. Que fique claro que não estou falando de hierarquia, já que qualquer estilo pode criar uma obra-prima, seja no sertanejo, forró ou funk, ou ainda em um estilo que nem mesmo existe ainda.

Penso que ela se diferencia na capacidade de o artista demonstrar a sua verdade. A arte, quanto mais próxima da verdade que o artista sente, maior valor terá. O próximo passo, depois disso, é atingir o público. Caso o sentimento do artista seja o mesmo de um grande grupo, esse público possivelmente seja atingido. É possível pular a classificação da arte e atingir o público diretamente. Nesse caso, torna-se entretenimento, o que também não tem problema algum. Ocorre que a arte é perene, já o entretenimento não. Para mim pelo menos, é isso.

Quando comecei a me relacionar com a Marina, tinha uma cabeça mais fechada, com mais certezas e muitos preconceitos. Aos poucos ela me mostrou o valor das coisas que estavam acontecendo. Nunca deixei de gostar das bandas e artistas brasileiros antigos. Mas existiam bandas como Interpol, Two Door Cinema Club ou The Kooks, que não tinha ideia de que eram tão boas. Depois de derrubar o muro de preconceito, caí de cara para conhecer e consumir esse mundo não explorado da maneira que ele merecia.

Com o passar do tempo minha percepção da música mudou, sendo agregada agora por outros instrumentos, que antes eram apenas secundários perto dos tradicionais instrumentos de um *power trio*. A percussão e os sintetizadores se tornaram tão importantes quanto um baixo e uma guitarra.

Pude então apreciar e ter como favoritas outras bandas, como Yeah Yeah Yeahs, Foster the People e Metronomy. Se antes tive minha fase grunge, agora tinha abraçado de vez minha fase indie. Escutei tanto que passei a desejar ir a shows, mesmo não tendo dinheiro. Quando era pequeno e comecei a gostar de bandas e artistas, nunca me imaginei indo assistir aos seus shows, já que boa parte já tinha morrido. Agora era diferente, pois, além de gostar, sabia que eles estavam vivos, fazendo shows ao redor do mundo.

No primeiro festival a que fui assistir, chamado de Planeta Terra, ganhei as passagens aéreas da Marina como presente de aniversário. No festival, vi ao vivo Interpol e The Strokes. Sem ter qualquer experiência nesse tipo de evento, me vi em meio a pessoas que realmente amavam estar ali assistindo àqueles artistas.

Lembro-me de que no Planeta Terra chovia, o que fez que fôssemos atrás de capas de chuva. Logo quando entramos, depois de uma fila gigante, corremos para chegar mais próximo possível do palco e ter uma boa visão do que íríamos assistir. Em cada show, fosse o artista que fosse, fui surpreendido por uma multidão cantando músicas inteiras daquelas bandas que não faziam parte do conhecimento do *mainstream*.

Foi extremante arrepiante. Olhando para aquelas pessoas era possível ver claramente que, naquele momento, elas estavam ali somente para a música. Na época, as redes sociais eram diferentes, sem as pessoas terem o celular na mão o tempo todo para tirar fotos de si mesmas. Logo depois, houve uma competição de quem viajava mais em festivais, sem mesmo gostar de artistas e das bandas que estão ali.

Até hoje, quando vou ver algum artista nos festivais, acho estranho as pessoas assistirem aos shows pela tela do celular.

Naquele primeiro festival, quando começou o show de Broken Social Scene, comecei a ficar ansioso por ter de esperar ainda mais as bandas para as quais viajei para assistir. Acontece que o show da Broken Social Scene foi tão bom que conquistou a todos durante sua apresentação, inclusive eu. O show estava cheio de gente e a banda cheia de energia, dando-se ao máximo ao público com canções tão melódicas e sensíveis. Qualquer um se tornaria fã imediatamente, como eu fiquei.

Depois que acabou, fomos comer e descansar um pouco. Quando chegou a hora do Interpol, começaram tocando seu último disco (intitulado como *Interpol*), que estava gravado na minha cabeça. Naquele momento, fiquei anestesiado por presenciar algo tão grandioso como escutar músicas junto de outras pessoas que amavam a mesma coisa.

Tocaram as minhas favoritas, como "Success", "Barricade" e "Obstacle 1". Naquele momento penso que aprendi a ser mais humilde em relação à arte, apesar de amar tanto algumas coisas, tinha entendido que outras pessoas podiam amar algo da mesma maneira ou até de maneira bem mais forte do que eu.

Chegada a hora do The Strokes, tocando todos os hits, inclusive "Under Cover of Darkness", uma das minhas preferidas, aproveitei ainda mais, cantando e me lançando para alcançar cada nota atirada pelas caixas de som. Eu nunca teria passado por isso se não tivesse conhecido a Marina. Minha paixão pelo que ela representou naquele momento, me permitindo estar em um lugar que tanto amava, me fez perceber o quanto eu tinha sorte de ter alguém como ela na minha vida, que me ensinava a potencializar todo amor que tinha em relação à música.

Leavin' just in time
Stay there for a while
Rolling in the ocean
Trying to catch her eye
Work hard and say it's easy
Do it just to please me
Tomorrow will be different
So I'll pretend I'm leaving.

Dedicação EXCLUSIVA

Apesar de as coisas estarem um pouco melhores depois que consegui me formar, já que comecei a trabalhar na área da minha formação, o dinheiro ainda não era suficiente para conseguir parar com as preocupações que pairavam na minha cabeça.

Onde eu trabalhava — um órgão público estadual — era um lugar que remunerava abaixo da média e mesmo assumindo uma função de nível superior não conseguia me organizar financeiramente. Percebi que se ficasse ali não conseguiria me manter e ajudar meus pais ao mesmo tempo. Muito menos me inserir na música novamente. Era necessário, antes de qualquer coisa, sairmos do aluguel e comprar um imóvel.

Todos os meses, mesmo com todos ajudando, ainda não havia dinheiro suficiente para pagar o aluguel e arcar com as contas básicas mensais. Além disso, estávamos tentando pagar as contas antigas, aquelas feitas no tempo em que meu pai tinha o time de futebol. Também havia as contas antigas que fizemos nos supermercados da quadra, bem como na padaria.

Além de tudo isso, ainda tinha essa nova perspectiva de vida que foi aberta com meu relacionamento com a Marina. Para ela, a ideia de viver bem era conseguir aproveitar a vida viajando, vendo shows e indo a eventos de arte, conhecendo gente interessante e aprendendo outras culturas. Tudo isso me fascinava e me seduzia, já que, apesar de viver com a cabeça na música na maior parte da minha vida, se tornou interessante entender o ambiente cultural que existia e antes eu ignorava.

Na minha cabeça, meu mundo perfeito era apenas tocar para algumas pessoas e curtir com os amigos. Acontece que cada vez mais percebia a arte como algo grandioso, simbiótico, que vivia em matrimônio com todas as suas expressões, seja ela música, poesia, literatura ou cinema, uma influenciando a outra, seja na trilha sonora de um filme, por exemplo, que, em sua metragem, retrata o sentimento de uma época.

Da mesma forma, ficava impressionado com a literatura norte-americana, rica nos detalhes de como viviam a geração perdida e que até hoje reflete a juventude. A partir das indicações da Marina, li escritores como Ernest Hemingway e Scott Fitzgerald. Mesmo não tendo contato nenhum com eles quando era mais novo, consumir esse tipo de literatura, agora já mais velho, era conseguir sentir o que eles sentiam, ter empatia pelos seus problemas, que apesar de diferentes dos meus, tinham em seu âmago os mesmos conflitos existenciais que eu tinha.

Penso no quanto perdi muito da escola pública quando não aproveitei de verdade os livros dos autores brasileiros que eram indicados pelos professores de literatura. Depois que os li com maturidade, entendi que eles são tão bons ou melhores que os estrangeiros. Com essa consciência, fui atrás de autores como Graciliano Ramos e Machado de Assis, além ainda de Aluísio de Azevedo.

De qualquer forma, na minha vida, algo mudou em mim quando li *O velho e o mar*. Como Marina estava em um emprego melhor, me presenteava com ingressos e viagens, fazendo-me ficar mais perplexo com tudo aquilo que estava vivendo. Me sentia a pessoa mais sortuda do mundo.

Acontece que, apesar de me sentir sortudo, ao mesmo tempo, não conseguia aproveitar tudo o que ela me proporcionava, já que tinha comigo um sentimento de culpa gigantesco, principalmente com minha família tendo de passar perrengues enquanto eu estava lá aproveitando. Além disso, havia ainda outro problema. Consumir e aprender tudo aquilo fazia crescer dentro de mim uma vontade louca de colocar para fora todos os sentimentos contraditórios que estavam comigo naquele período.

Mesmo não tocando, entendi que fazia parte de mim a necessidade de estar sempre compondo, de pegar um violão, criar uma melodia e pensar em harmonias, para depois escrever alguma coisa. Agora, com esse tanto de coisa que estava acontecendo, me tirando da zona de conforto, a ânsia de criar algo diferente do que fazia antes me deixava frenético, tendo de todos os dias parar, nem que fossem alguns minutos, para pensar no que de diferente poderia criar no meu violão. Dessa forma, a culpa e a vontade de criar entravam em conflito, deixando minha cabeça uma bagunça.

Em uma conversa com Camargo, ele sugeriu que eu tentasse outro concurso público de nível superior, e que talvez conseguisse assim melhorar meu salário e ter estabilidade para conseguir me dedicar de maneira saudável à música.

Poderia ainda, com isso, ajudar a família e aproveitar os benefícios que um servidor concursado possui. É claro que teria de ser um salário melhor do que naquele lugar onde eu estava trabalhando.

Mas passar em um concurso que mudasse a vida não é fácil. Teria de me dedicar anos estudando e sacrificando um tempo que eu não recuperaria facilmente. Quando decidi estudar, não sabia muito bem onde ia chegar, mas entendi rapidamente que o ideal não era mirar em algo muito grande, já que isso demandaria um tempo que não tinha, além do fato de saber que não passaria, pois tais cargos são destinados a quem dedica uma vida para eles.

Ao começar a estudar, precisava equilibrar várias coisas diferentes. Havia o trabalho, que por vezes me demandava tempo e concentração; tinha a música, que não conseguia tirar de dentro de mim, precisando passar nem que fossem cinco minutos por dia com meu violão; e a Marina, que, como qualquer relacionamento, demandava seu merecido investimento, já que estava me proporcionando uma qualidade sentimental da qual não podia mais viver sem. Por causa disso tudo não foi um período fácil.

Meu quarto continuava um lugar quente para passar o tempo. Não tinha ar-condicionado em casa e o ventilador ainda era meu único amigo. Comecei a preparar uma apostila e me matriculei em um cursinho para concursos. Todos os dias, por algum tempo, fiz uma rotina cronometrada, dividida no tempo em que faria cada coisa da minha vida: trabalho, estudo e música. Trabalhava oito horas por dia, de segunda a sexta, porque não podia somente estudar.

À noite, religiosamente, estudava pelo tempo que podia. No final da noite, a recompensa era poder pegar o violão e fazer alguma nota. Já os fins de semana eram da Marina, dividindo alguns momentos com os amigos que restaram e meus pais, que também precisavam de um pouco de atenção.

Naquele tempo, qualquer tipo de prazer durante a semana só era possível depois de cumprir a meta diária. Terminava um dia e começava outro. Estava obcecado. Não me permitia um dia sequer falhar. Quando não cumpria minha meta, ficava estressado e acabava descontando nos outros minha impaciência.

Mas a vida continuava mesmo eu querendo controlar o ritmo e o horário das coisas. De tão estressado que fiquei nesse período, percebi crescer na minha pele manchas brancas que se espalharam por todo o corpo. Começaram pequenas e se tornaram cada vez maiores. Quando fui diagnosticado com vitiligo, entendi que precisava diminuir a velocidade. A sensação que tinha era de que a cada pico de estresse aumentava uma mancha no corpo em decorrência da doença. Passei então a ficar obcecado com a ideia de controlar a doença e o ritmo que a pele *embranquecia*.

Por outro lado, minha família respeitava minha obsessão. O que eles podiam fazer para me deixar em paz, eles faziam. Entendi que isso foi um privilégio que nem todos possuíam. Minha mãe, sempre que eu dava um espaço, tentava conversar comigo para me deixar mais calmo. Depois entendi que ela observava tudo o que acontecia com o coração apertado. Na minha cabeça eu só pensava que já tinha vinte e poucos e não estava ficando mais novo.

Ao mesmo tempo, minha mãe se culpava pela situação que vivíamos. Depois de todas as decisões que meu pai tomou, ainda assim ela nunca deixou de ser sua companheira, apoiando-o e nunca deixando ninguém falar mal dele, afirmando ainda que se alguém era responsável por nossa situação, a culpada era ela. Já ele fazia o que podia, trabalhando e seguindo firme para não se deixar abater, apesar de aparentemente já exausto de tudo e consciente das escolhas erradas que fez.

Agora eu, consciente e adulto, convivendo com ela e vendo seu apoio conosco, percebi o quanto tinha sorte em ter alguém que só transmitia confiança e amor, nunca duvidando da minha capacidade de chegar onde eu quisesse, mesmo não tendo as melhores condições, como era a minha situação.

Nos fins de semana entregues para Marina, passávamos nosso tempo aproveitando o quanto podíamos e entrando em atrito pelo pouco tempo que dava para ela. Eu entendia que estava pedindo demais, mas naquele ponto não podia mais voltar.

We've come too far
To give up who we are.

Ao me inscrever para a prova do concurso que tinha planejado, aumentei ainda mais o ritmo. Do período que comecei a estudar até aquele momento já tinham se passado quase três anos. Foi o período mais difícil, já que parei de pegar o violão no final da noite e só me permitia pegar em seu braço quando passasse no concurso.

Foi tortuoso até o dia que tive que fazer a prova. Meu vitiligo se espalhou bem durante esse tempo. Como não era um concurso com grande salário, esperava que não tivesse tantos concorrentes. Ao chegar na sala, percebi que todos estavam ali tentando algo melhor, já que havia muitos rostos conhecidos que estudaram comigo na faculdade e estavam fazendo aquela prova para também ter o mínimo de segurança financeira. Foram três horas de muita concentração e, no fim, fui um dos últimos a sair da sala de aula, como na prova da OAB.

Novamente, aguardei a saída dos outros dois que terminavam a prova. Quando saí, não sabia o que pensar, se tinha ido bem ou não. A única coisa que sabia é que precisava ir para casa, já que não aguentava mais ficar longe do violão.

Parada para RETORNO

Passar em um concurso e conseguir um emprego estável não se trata apenas de esforço; pode ter certeza de que vai além disso. Tenho comigo que, apesar de as pessoas acreditarem na meritocracia, no sentido de que basta dedicação e disciplina, existem muitas condições que são colocadas antes mesmo de você conseguir começar a estudar.

Na minha perspectiva, existe todo um aparato que pode ajudá-lo a estar na frente quando se trata de estudar e passar em um concurso público. A quantidade de tempo livre que você tem para estudar, levando em conta que você possa "não trabalhar", é ideal para que você consuma mais conteúdo e mantenha sua cabeça saudável.

Considerando ainda que você precisa ter acesso a material de qualidade, com professores atualizados e videoaulas que não sejam de anos anteriores e defasados, talvez você consiga estar um passo à frente. Melhor ainda quando o lugar que você tem para estudar não é um forno, para que assim tenha mais conforto e concentração, evitando ter que ir ao banheiro molhar a cabeça e o corpo a cada dez minutos. Após todas essas considerações, acredito que você tenha um ambiente saudável que vai proporcionar qualidade e concentração na hora do estudo.

No meu caso, havia ainda a pressão do trabalho, o cuidado com a família e a cobrança do tempo que oferecia para conseguir um relacionamento de qualidade com a minha parceira. E os boletos, que desde sempre não paravam de chegar. Dito isso, quando recebi o resultado de que tinha conseguido uma das vagas de nível superior para o concurso ao qual tinha me inscrito, realmente fiquei surpreso, já que tinha perdido a fé quando corrigi a prova pela primeira vez, por meio do gabarito que levei embora no dia do exame.

Naquele momento, já não se tratava de superar os próprios limites ou, pessoalmente, ter fé de que iria conquistar uma vaga, já que as esperanças estavam entregues ao acaso. Talvez naquele momento eu tive realmente sorte. Alguém deve ter esquecido de marcar a questão certa. Ou simplesmente alguém desistiu do emprego e eu fiquei com a vaga. Apesar do esforço, não sentia que merecia. De qualquer forma, como disse, o cargo não fazia parte do mais alto escalão e o salário não mudaria minha vida. Contudo, melhoraria e muito minha situação.

O salário não chegava nem perto de uma promotoria, por exemplo, mas talvez fosse o suficiente para começar a fazer planos concretos e que não tivessem a ver com a quantidade de horas que estaria estudando em um mês, como foram meus últimos anos.

Levou algum tempo para conseguir assumir o desejado cargo público e, nesse meio-tempo, continuei a estudar, não com tanto esforço quanto antes, já que agora havia uma luz para dar esperança e diminuir a pressão que sentia todos os dias, por todo aquele tempo. Com o passar do tempo, consegui colocar a cabeça no lugar e comecei a planejar quais seriam os próximos passos e como organizaria minha vida. Além disso, tomei as rédeas da renda da família e comecei a organizar nossa situação financeira, que estava chegando a um ponto sem retorno e insustentável, já que utilizamos tudo o que podíamos para manter pelo menos as contas básicas da casa em dia.

Depois de reunirmos a família, decidimos que era hora de unirmos todas as forças para comprar uma casa por meio de um financiamento. Foi a Marina que me deu a ideia de tentarmos nos encaixar em algum programa do governo para famílias de baixa renda e a partir daí realizar um contrato com taxas de juros mais baixas.

Era necessário, entretanto, levantar uma quantia razoável para dar de entrada no imóvel. Cada membro da família juntou o que podia em dinheiro, cientes de que faríamos mais concessões além daquelas a que já estávamos acostumados. Seriam alguns meses para atingirmos o valor necessário.

Meu pai, que estava em seus últimos seis meses de emprego, já que a partir dali ia se aposentar definitivamente, foi conversar com os cobradores e agiotas para suspender por um tempo as dívidas antigas. Com isso, conseguiu a maior parte do dinheiro, já que muito do que devíamos ia para esse pessoal.

Enquanto isso, buscamos uma casa simples que coubesse todos os integrantes da família e que ficasse o mais próximo possível do centro da cidade. Apesar de buscarmos muito, não conseguimos achar nada dentro do plano diretor do município, conseguindo achar um imóvel com valor compatível apenas próximo ao aeroporto da cidade, um bairro novo que tinha vários imóveis à venda e que aparentemente parecia um bom negócio.

O acordo com o proprietário foi realizado de maneira ágil. Logo após escolher a casa, fomos negociar diretamente com o vendedor o valor da entrada para assim assinar o contrato o mais rápido possível.

Como eu era, naquele momento, quem tinha menos dívidas no nome, passamos a pagar os remanescentes que havia em aberto e limparmos meu CPF, conseguindo assim ter a liberação do financiamento. Além disso, tinha emprego com carteira assinada e meus pais estavam com dívidas que levariam outra vida inteira para conseguirmos pagar. Sem nome limpo, na época, não era possível pegar o financiamento.

Foram mais alguns angustiantes meses para termos certeza de que ia dar certo. Abrimos o processo de financiamento no banco do governo e levamos o contrato até o vendedor da casa para análise de crédito e liberação do valor. Mesmo seguindo tudo o que foi informado e tendo cumprido todos os requisitos que foram solicitados, ainda tínhamos a sensação de que algo ia dar errado.

Quando fui chamado para assinar o contrato com o banco, tivemos a sensação de que íamos virar a página de uma situação que se arrastava há meses. Simbolicamente, anos na verdade.

Ainda teríamos que pagar a prestação do financiamento para o banco, mas o valor era bem menor do que qualquer aluguel de uma casa que recebia quatro pessoas. Finalmente, após termos certeza de que a casa estava de fato em nossa posse, não houve tempo para comemorações e estreias, já que precisávamos correr para realizar a mudança antes de mais um mês de aluguel vencer.

Minha mãe, que já estava experiente em mudanças, juntou todas as caixas de papelão que via em sua frente, um costume que durou anos até ela entender que não iria mais mudar de casa. Naquele momento, a casa veio como uma renovação de forças e esperanças. A sensação de viver em um lugar que não fosse nosso ficaria para trás. Minha mãe poderia plantar suas árvores, como sempre sonhou.

No primeiro dia que dormimos na casa nova, minha mãe fez um jantar especial: yakisoba. Comida feita por uma gaúcha. Com os pratos servidos, sentamos todos em volta da mesa de plástico que estava no ambiente. Todos mereciam aquele prato especial. O gosto do shoyu nunca esteve tão bom. Logo após mudarmos definitivamente para a casa nova, assumi o concurso e passei a pagar parte das contas que tinham ficado para trás.

De qualquer forma, depois que mudamos de casa, houve uma sensação de leveza gigantesca, já que a sombra que pairava e a culpa que sentia por causa de toda a situação que passávamos era muito forte.

Foi um tempo para me acostumar que as coisas, dali para a frente, talvez fossem melhorar. Marina e eu começamos a traçar planos e a aproveitar um pouco mais. Pude, nesse período, viajar mais e conhecer lugares e culturas novas. A cada lugar cultural que Marina me levava, via-me como uma pessoa que estava mais perto do que gostava, mas ao mesmo tempo distante, já que naquele ponto eu já não estava tão envolvido com minha música. Sentia que precisava voltar a compor.

Depois de um tempo, percebi que não conseguia mais ficar longe da parte criativa e que podia me permitir retornar. Aquilo me matava por dentro, pensar que não conseguia mais tirar para fora tudo aquilo que sentia. Eu precisava voltar, precisava voltar a ser quem eu era.

Novos ACORDES

Passaram-se alguns anos desde o dia em que tinha decidido parar de compor e focar em outras coisas que iam além de apenas fazer música. Isso me custou muito, já que nunca me senti como um músico completo, sempre medíocre em comparação aos meus contemporâneos, aqueles que começaram comigo, que naquele momento já estavam em um nível profissional, em uma posição que acreditava nunca alcançar, deixando-me por vezes com muita inveja e, ao mesmo tempo, admiração.

Desde o período em que me afastei da música, estudei e trabalhei muito, tendo ainda, apesar disso, procurado entender melhor e de maneira mais ampla o sentido da arte e o que ela significava para mim.

Todavia, não estava mais compondo e escrevendo músicas. Naquele momento, após ter a certeza de ter passado no concurso, tinha pela frente uma escolha que se mostrou muito difícil para mim. Ou continuava a estudar e assim conquistaria uma carreira sólida no mundo jurídico, tendo como consequência uma vida com estabilidade financeira sólida e sem preocupações relacionadas ao dinheiro, ou voltava ao caminho de onde parei, vivendo uma vida comedida, mas com tempo para continuar a trilhar o caminho que acreditava que me faria mais feliz.

Engraçado que em relação ao direito, naquele momento, me sentia seguro e pensava realmente que talvez tivesse a chance de alcançar um cargo de alto nível. Talvez não tão alto, mas um pouco acima do que eu tinha passado. Por outro lado, existia esse sentimento que me fazia pensar todos os dias na música, quando acordava e dormia, essa obsessão que talvez me enlouquecesse, mas que de alguma forma era o alicerce que me fazia levantar todos os dias.

Poderia, de algum ponto de vista, ser uma escolha fácil, mas na prática, quando fiquei mais maduro (ou acreditava que estava mais entendido), me veio a compreensão de que o mundo real trataria de ser cruel o máximo possível com escolhas erradas, pressionando-me o resto dos meus dias para viver e ser uma pessoa com as expectativas criadas pelas acomodações ao redor.

Tais expectativas por vezes não eram colocadas por outras pessoas, mas por mim mesmo e os espectros criados de um futuro decadente e distópico que me esperaria. Sempre imaginei que a sociedade não quer que você saia da caixa de fósforos. Ela quer que você aceite o fato de que uma hora ou outra vai ter de se abaixar e deixar queimar sua cabeça como pavio.

Além do mais, uma vida financeira estável significava não passar por situações constrangedoras no dia a dia, como ter de empurrar a moto na chuva até o posto de gasolina mais próximo, pedir dinheiro emprestado para pagar o aluguel ou ter de pedir ajuda para desconhecidos a fim de empurrar um carro sem estepe.

Conseguir comer o que há de melhor, fazer viagens e aproveitar tudo o que o mundo oferece, tendo um plano de saúde e usando o ar-condicionado sem pensar no quanto vai vir de energia são facilidades que te seduzem e podem fazer uma escolha se tornar não tão óbvia.

Já dizia Survivor: *You change your passion for glory.* Quando você tem um círculo tradicional de amizades, onde suas carreiras são escolhidas dessa maneira, certamente essa escolha ficará ainda mais difícil, já que ao ver alguns dos seus amigos prosperarem nesse sentido (vi todos os meus amigos herdados do meu irmão passarem em concurso público do alto escalão), é claramente mais certeiro você acreditar que deve seguir o caminho mais tradicional para uma vida de conforto.

No entanto, ao olhar para a frente, refletindo sobre como eu queria viver e o que queria conquistar, não me via nessa figura tradicional, criando uma carreira por meio de vários anos estudando para concursos, conquistando por fim um cargo que me desse muito dinheiro.

Nada contra quem faz isso e hoje entendo que essa carreira (ou qualquer carreira) depende de muita perseverança e esforço. De qualquer forma, neste ponto da vida (e talvez fosse essa minha desculpa), apesar de ter entendido o quanto o dinheiro é importante para a realização de qualquer coisa que se faça, a ambição financeira para consumir as coisas de fato não me seduzia suficientemente.

Nunca fui uma pessoa consumista, já que sempre me contentei com o que tinha, não sendo ligado a qualquer tipo de obsessão por bens materiais ou status social. Até porque não tinha essa opção. Talvez o que mais pesava era a ideia de dar uma vida melhor para minha família.

Mas a verdade é que até disso tive de abdicar. Quando pensei o que seria da minha vida, olhei para a frente e percebi que devia escolher não só como eu ia viver, mas também como seria a liberdade das minhas escolhas dali para a frente.

Isso porque quando você adota um estilo de vida, carrega naturalmente toda a bagagem que ela te propõe. Casamento tradicional, criação de filhos, busca por sucesso financeiro e status na carreira.

Não há mal nenhum em querer viver tais escolhas. Mesmo acreditando que muitas delas são tomadas quando não se tem maturidade suficiente (mesmo não tendo), cada um é cada um. De qualquer forma, as metas impostas pela sociedade são impossíveis de alcançar, seja qual for o ramo que a pessoa escolher. É preciso ser mais em tudo.

É lindo ver como algumas pessoas são apaixonadas por esses caminhos e me sentia muito grato a todos com quem convivi nesse período mais tradicional da minha vida. Para mim, eles estavam seguindo um caminho muito corajoso. Acontece que pessoalmente eu não me via nesse cenário.

Há um episódio de *House MD* no qual o personagem conversa com um paciente que toca trompete, dizendo que tem gente que não serve para ter uma vida tradicional, já que o amor e a cabeça deles estão sempre direcionados para algo diferente do que o resto das pessoas quer para si. Eles têm sua própria paixão. Esse diálogo martelou na minha cabeça durante anos.

Não queria buscar um emprego melhor ou uma família tradicional. Não queria filhos. Amava consumir música, livros e filmes. Aprendi a viajar e conversar com desconhecidos. Amava a ideia de ser surpreendido e ter empatia por coisas que antes não entendia ou gostava. Apesar de muito romantismo no discurso, viver de outra maneira parecia ainda mais mentiroso.

Os seu caprichos,
não vão me incomodar,
o que não quer ver,
eu quero acreditar.

Me vi então obrigado a parar com o ritmo de vida que vivia, tomando novamente as rédeas da direção, saindo do conforto de estar estudando. Bem ou mal, aquele caminho tinha me deixado estagnado. Naquele momento, precisava aprender a caminhar de volta ao trajeto que me fazia feliz.

Aos poucos, no dia a dia, voltei ao violão para praticar a composição. Parecia muito estranho e não natural, diferente de antigamente, quando tudo vinha na minha cabeça de maneira espontânea. Tive de lutar para conquistar esse privilégio novamente.

Contudo, com tempo e paciência, novas músicas e melodias me traziam, aos poucos, de volta ao lugar que conhecia bem. A expectativa de terminar uma música e escrever uma letra me deixava novamente com uma simples felicidade que para qualquer outro, talvez, seria um tanto pueril.

Um refrão bem feito em conjunto com uma estrofe interessante me fazia sentir orgulhoso, mesmo que fosse uma coisa que só servisse para mim ou que só eu percebesse. Queria perder meu tempo assim, fazendo e criando o quanto fosse, mesmo que não tivesse lugar para apresentar ou ninguém para escutar.

Meus amigos e conhecidos da vida musical tinham seguido com sua vida artística e continuavam lutando. Ao parar para perceber o que eles tinham se tornado, vi que se tornaram grandes intérpretes. Outros tinham se formado em música, indo embora de Palmas. Havia também aqueles que trabalhavam com isso e tornaram-se profissionais, tocando para grandes duplas sertanejas e bandas de baile.

Não era bem um recomeço para mim, já que, de verdade, nunca tive uma carreira musical. Eu sempre quis criar, mas levar isso para as pessoas de maneira profissional de fato não era uma coisa que conseguia enxergar no horizonte. Restava para mim então pensar em uma maneira de expor o que estava sentindo, mesmo sozinho e sem ninguém para me acompanhar. Entretanto, sabia que precisava me manter fiel ao propósito que tinha escolhido, já que a composição me fazia sentir novamente que era possível viver uma vida simples sem ter grandes expectativas, como eu pensava de modo infantil, lá no começo.

Seguindo sem piedade,
sem medo, sem freio,
não sabe onde quer chegar,
com tanto desejo,
não se intimida por nada,
não espera gorjetas,
mas se ofende por causa
de qualquer besteira.

Um pouco perdido e um pouco confiante. De qualquer forma, tinha me posicionado. O que seria da minha dali para a frente, eu não tinha a menor ideia, mas estava ansioso com as novas perspectivas.

Tecnologia a favor

Na época em que meu irmão foi morar em São Paulo, na cidade de São José dos Campos, ele ficava na casa do meu tio, um descendente de japonês muito tradicional e exigente, que educava seus filhos de maneira muito rígida. Meus primos, que são de uma geração mais velha, foram, portanto, criados de maneira a seguir as regras do pai, devendo sempre colocar os estudos à frente para assim terem acesso às melhores escolas e universidades.

E, de fato, com o passar do tempo, conseguiram com muita luta alcançar seus objetivos e ter acesso ao sucesso que meu tio acreditava que mereciam. Pelo menos aos olhos do tempo e dos que ficaram aqui. Meu irmão, que foi para São Paulo com o intuito de ter acesso às mesmas oportunidades, passou lá um período muito difícil, já que, apesar de estar na casa do meu tio (um parente não tão distante), nunca tinha sentido aquela pressão de viver fora de casa, em um lugar hostil, onde lhe era exigida muita disciplina e dedicação. Por mais exigente que nossa mãe fosse, nunca faltou o cômodo carinho de casa, que mesmo sem expressar claramente, havia sempre que precisávamos.

Além disso, sempre muito consciente de tudo o que acontecia em casa, meu irmão soube desde cedo que seria ele o herdeiro de todos os problemas que se acumulavam durante anos em nossa família. Para ele, era determinante vencer e conquistar a vitória nessa oportunidade que foi apresentada por esse nosso parente.

Apesar da boa intenção do meu tio, que mantinha meu irmão em um regime disciplinar muito duro — em que lhe eram exigidas horas a fio de estudo e altas notas escolares (e sem qualquer tipo de diversão) —, a maneira como era conduzido seu dia a dia fazia com que meu irmão se sentisse acuado com toda a nova vida que ele levava.

Longe da família e dos amigos, ele entrou em um colégio particular onde não conhecia ninguém, convivendo com pessoas que realmente tinham uma base financeira sólida e cheia de ostentação, bem diferente do lugar de onde veio, onde reinava a educação física e o desejo pelo recreio, além da convivência com gente humilde que ia para a escola somente com o pensamento na merenda.

Não ter dinheiro em uma escola de ricos é uma experiência que nenhum adolescente deveria passar. Além da pressão por ter de vencer para ajudar a família e um parente no seu pé vinte e quatro horas por dia, ainda havia o círculo escolar excludente. Mesmo assim, ele se dedicava muito e fazia o que podia com a oportunidade que lhe foi oferecida.

Meus primos, que não moravam com meu tio, já que estavam cada um cursando suas respectivas faculdades, às vezes voltavam para casa e davam ao meu irmão um pouco de companhia e amizade. Levaram-no ao cinema, a jogos de futebol ou a qualquer lugar que fosse que o tirasse daquela casa que tinha um regime fiscalizatório que conheciam bem.

Esses primos, que gostavam muito de música, deixaram para trás, depois de ingressarem na faculdade, vários CDs e discos que permitiram a meu irmão — quando não tinha nada para fazer e após terminar suas tarefas — fazer a única coisa permitida naquela casa que não receberia bronca: ouvir música.

Como meus primos tinham acesso a tudo o que estava acontecendo no momento, naturalmente compravam para seu próprio consumo. A partir disso, meu irmão teve acesso a muita coisa boa. Ouvia desde música brasileira a clássicos do rock e pop internacional, tendo eles ainda catálogos de discos e CDs que logo se tornariam raridades no mercado atual. Ele me passava tudo o que ouvia quando me via, dizendo que eu tinha de procurar e ouvir.

Naquela época ainda havia fitas cassetes e estava começando a era dos CDs piratas. Quando meu irmão me contava de alguma banda ou artista interessante, eu corria na rodoviária da cidade, onde a pirataria reinava, e adquiria tudo por um preço acessível. Esses CDs logo estragavam de tanto que eu ouvia.

Na minha única visita ao meu irmão, em São José dos Campos, quando cheguei, me surpreendi com aquela imensa casa chique, com chão de madeira e portas de vidro, pensando o quanto ele era sortudo de estar vivendo em um lugar daqueles (mal eu sabia que ali era seu inferno).

Olhando para trás, atualmente, tudo aquilo poderia até ser uma coisa normal, mas naquela época me parecia coisa de gente endinheirada. Lembro-me de que a primeira coisa que fizemos na casa do meu tio, quando ficamos sozinhos, foi irmos até o som para conferir todos os CDs de que gostávamos. Lá tinha Nirvana, Metallica, The Smiths, entre outros.

Então ele me contou que quem gostava de tudo aquilo era meu primo Gastão, que amava música e ainda tocava guitarra. Eu, que era muito novo, não sabia a conexão que teria com esse mesmo primo anos depois. Depois de um tempo, após meu irmão voltar para casa em Palmas, me disse o quanto eu parecia com esse meu primo colecionador de CDs, pelo amor que tinha pela arte e pela música.

Mais alguns anos à frente, quando eu fiquei mais velho e com meu primo já morando mais próximo de nós, em Goiânia, fomos visitá-lo. Foi a primeira vez que percebi realmente que um adulto poderia sair do estilo de vida padrão e viver conscientemente da maneira que quisesse. Isso fez muita diferença quando eu escolhi viver de música e não seguir a carreira concurseira.

Meu primo — que quando era muito novo passou em um concurso público — tinha na sua sala bateria, guitarra, violões e a coisa mais gloriosa que qualquer amante da arte pode ter: um piano. Ele, tão maduro e experiente, me deu muita força por gostar de música e estar empolgado com minha banda, que na época era ainda Essência de Horácio.

Passaram-se alguns anos desde então, quando posteriormente ele me convidou para ir até sua festa de aniversário. Enquanto isso, eu, aqui em Palmas, vivia o desafio de tentar encontrar a forma como iria me colocar de volta na música, já que o tempo tinha passado e, apesar de ter entrado em contato com algumas pessoas, não consegui gente para criar um projeto sólido comigo.

Meu irmão, naquela altura, estava lutando para trilhar seu próprio caminho. Cazé estava na sua jornada solo, buscando ser um artista consolidado. Já Luiz estava na banda que mais fazia sucesso em Palmas, tocando na noite com os melhores músicos. Pensava constantemente que talvez eu tivesse perdido o barco da minha própria jornada musical.

Quando meu primo me chamou para sua festa de quarenta anos, fiquei empolgado, já que sabia que lá iria ter música ao vivo e muitas *jams*. Fui para Goiânia tentando sair um pouco da pressão que tinha me colocado para encontrar um caminho e fazer as coisas de que gostava. Lá, encontrei meus tios e primos que há tempos não via, o que me surpreendeu por todos serem muito afáveis e me tratarem com carinho genuíno.

Meu primo fez questão de ter em seu aniversário muita música boa, músicos de qualidade e ainda que todos os que tocassem instrumentos participassem da *jam*. Foi um dia realmente lindo, com todos se divertindo e aproveitando. Quando meu tio chegou (aquele bravo que tinha acolhido meu irmão), lembro-me de ter ficado intimidado, paralisado, já que há tempos não o via e a lembrança que tinha era de ele ser um senhor muito rigoroso.

A primeira coisa que ele disse quando me viu, com aquele cabelo comprido batendo nos ombros, barba malfeita e um jeito de garoto, foi que daquele jeito parecia com um chinês. De certa forma achei aquilo até mesmo cômico, já que o tom foi preconceituoso (apesar disso, fiquei totalmente constrangido, pois foi no meio de muita gente).

Um dia após a festa, meu primo, que acordou cedo, logo quis me mostrar algumas das músicas que tinha feito, já que também era compositor. Depois de ligar o computador, me mostrou aquela caixinha eletrônica pequena em que ele plugava o cabo P10 e gravava suas músicas tocando na guitarra.

Por meio do computador a caixinha levava o som da guitarra direto para os monitores (caixas de som) que também estavam plugados no PC. Era uma magia — para mim, nunca antes sonhada — já que mesmo não tendo aqueles grandes adereços de estúdio, o som que saía era de uma qualidade tão boa que nem parecia ter sido gravado naquele momento. A mixagem já saía praticamente pronta.

Ele me explicou que aquilo era uma placa de som externa, que captava o som e ligava direto no computador, fazendo de maneira simples uma gravação de qualidade. A partir daquele momento, tudo mudou na minha cabeça em relação à forma como via a música. Percebi no mesmo momento que poderia, com aquilo, gravar todas as músicas que já tinha feito, bem como fazer os experimentos que estava ansioso para fazer.

Isso porque a ideia de gravar as coisas em casa, livremente e sem a pressão de pagamento pelo estúdio, e ainda produzir todos os instrumentos, era a melhor opção para quem estava começando sozinho. Além disso, fui apresentado também ao controlador, que é uma espécie de teclado que você conecta no computador e por meio de um programa escolhe o timbre e o som que quer colocar na sua música, fazendo acordes por meio do instrumento plugado.

Mesmo não sabendo nada sobre aquele conjunto de equipamentos, percebi que era um lugar ideal para começar a jornada. Voltei para Palmas e coloquei a tecnologia a meu favor. Penso que meu primo nem imagina o quanto me ajudou com tudo aquilo. Enquanto ele cantava suas músicas, eu imaginava a construção das minhas.

Duração INESPERADA

Em Palmas, procurei saber e conhecer mais sobre aquele aparelho que podia gravar de maneira profissional mesmo em casa. Aprofundando-me no assunto, percebi que era uma tecnologia que começava a se propagar, já existindo algumas marcas consolidadas. Havia desde as mais caras até as mais baratas. Depois de ler muito em sites e blogs de informações relacionadas ao assunto, encontrei uma que estava no meio termo, nem tão cara nem tão barata, e cujo custo-benefício valia pela qualidade das músicas produzidas (pelo menos era o que diziam).

A Foscurite 2i2 foi a escolhida e, assim que chegou, tive de me esforçar para entender seu funcionamento, pois demorou um tempo para eu compreender que, além da placa, eu precisaria de um programa à parte instalado no computador, que faria a conexão entre o aparelho e o PC (achei que seria tudo automatizado).

Depois que descobri um software adequado, me dediquei a entender como funcionava e a aprender como manusear o programa de maneira que pudesse começar a gravar mesmo com recursos mínimos. Esse software que aprendi a manusear chamava-se DAW, que é o programa que receberia as gravações vindas da placa externa e administraria tudo o que eu iria produzir, seja na guitarra, violão ou controlador.

Vou fazer um parêntese para explicar novamente o que é um controlador. Ele é um teclado. Mas não é um teclado qualquer, já que precisa da energia do computador para funcionar (atualmente há alguns controladores e teclados que fazem as duas funções). Além disso, ele também precisa estar conectado à DAW.

Dentro da DAW, você vai escolher um programa (programa dentro do programa) chamado *plugin*, para assim determinar qual é o tipo de som que vai sair no teclado (como entendido acima), ou melhor, no controlador. Realmente não foi óbvio para mim entender a diferença entre os dois quando comecei a lidar com eles.

De qualquer forma, por meio da DAW eu iria escutar a altura e o tipo de som que estava entrando pela placa de áudio, se de qualidade ou não, escolhendo o timbre correto da guitarra, por exemplo. Escolhi a DAW que tinha o nome de Cubase, já que foi a que com mais facilidade encontrei cursos gratuitos na internet.

Quando abri o programa pela primeira vez, realmente fiquei intimidado e acreditei por um momento que nao conseguiria entender a complexidade de elementos que um programa de gravação tinha. Na tela do computador, canais eram vistos por meio de faixas de monitoramento para inclusão de *plugins* que iriam equalizar cada instrumento gravado. Ou seja, dava um nó na cabeça só de pensar. Quando pensava em gravação, lembrava-me das experiências que tive lá atrás, quando olhava os produtores sentados diante de telas gigantes, focados ainda naqueles botões que aumentavam e diminuíam os volumes da música que saía nas caixas de som.

Nunca pensei que um dia iria aprender toda essa complexidade, já que até aquele ponto só pensava em tocar. O começo foi duro, até entender como funcionava para de fato conseguir uma gravação satisfatória. Apesar da gravação imediata, para se extrair alguma música realmente de qualidade, era preciso o mínimo de mixagem.

E, na verdade, são anos de evolução para chegar a ter um ouvido de qualidade para se fazer uma mixagem. Estudando, entendi que precisava primeiro saber o significado das funções da DAW. Consegui entender que, dentro da DAW, "faixa" representava um instrumento. E que o instrumento deveria ser gravado dentro de um tempo específico, que na gravação chamávamos de BPM, podendo significar a velocidade da música.

Cada instrumento, gravado em faixas diferentes, precisava ter o mesmo BPM, para assim padronizar a velocidade de todos em conjunto. O que marca o tempo do BPM é o metrônomo, que tem a função de dar o tempo da música: tic, tic, tac, tic, tic, tac. E assim ele se repete até a música acabar. Desse modo, plugava o violão na placa de som externa através de um cabo P10, verificando se não existia leg/delay (que é o tempo de atraso entre o que eu tocava e o que recebia no meu monitor/fone). Você escuta isso através de um fone ou uma caixa de som que chamamos de monitor.

Assim, selecionava a faixa para acionar a gravação e tocava a guitarra dentro do tic-tac do metrônomo. Chamamos essa primeira gravação de faixa-guia. A partir dela, eu gravava o restante dos instrumentos: guitarra, contrabaixo, voz e o controlador (teclado).

Influenciado totalmente por bandas como MGMT, Metronomy e Foster the People, estava apaixonado por grupos que tinham como guia-base os sintetizadores. Estes são sons criados por meio dos controladores (é possível também fazer por meio de instrumentos acústicos, mas daí é outra história), ou seja, aqueles tecladinhos.

Lá na DAW, você escolhe um programa para dar som ao controlador, que assim vai criar os sons sintetizados. Aquela mistura entre o acústico e o som digital me deixava entusiasmado, desejando muito fazer um som que tivesse a tal combinação de poderes.

Uma mudança interna no meu coração foi quando assisti ao clipe da música "What You Know", já que percebi que queria tocar minha guitarra de modo diferente, sem tantas distorções ou efeitos sujos. O uso de *reverbs* e *delays*, que antes incomodava até o último fio do meu cabelo, agora tinha me conquistado, o que me fez ficar apaixonado em toda banda que usava aqueles recursos de maneira eficiente, como The Kills e Interpol. Minha cabeça estava a mil e comecei a trabalhar na mais nova linha de músicas:

Doente em vão, não sente a dor?
Perdeu seus sonhos, esqueceu seu dom.

Demorei meses estudando para entender como funcionava corretamente a DAW e os *plugins*. Depois disso, levei mais um tempo para conseguir terminar minha primeira canção, aquela que realmente achei satisfatória. Mas havia um problema que sozinho não conseguiria solucionar. Pessoalmente, eu necessitava de um baterista.

Cresci escutando músicas que carregavam seu coração através das caixas e seus ritmos. Por isso, precisava de um baterista para gravar minha primeira música solo de estúdio.

Eu sabia, naquele ponto, que era possível fazer *samples* (simulações de instrumentos por meio de programas que poderiam criar, por exemplo, o som de bateria), mas até aquele momento eu não tinha a destreza para fazer algo de qualidade, que soasse como uma bateria acústica, que era o que estava procurando para fazer funcionar aquela canção.

Como não havia ninguém, continuei a trabalhar nas outras músicas enquanto não encontrava um baterista. Trabalhei horas a fio obcecado em todas as possibilidades que um programa como aquele proporcionava. Enquanto isso, também saía para conhecer as pessoas e ver mais da cena local. Em um fim de semana fui ao Tendencies, que ia receber um show de uma banda cover dos Beatles. Vi no flyer que a banda do Luiz, a Asteroid 66, ia abrir para eles.

Depois do show, fui até ele a fim de cumprimentá-lo pela sua linda performance, já que havia uma vibração muito gostosa com o *rockabilly* que eles tocavam. Já fazia um bom tempo que não nos víamos, mas ao conversar com ele, a sensação era que nunca de fato tínhamos nos afastado. Ele estava ali, tocando na maior banda de rock de Palmas naquele momento enquanto eu tinha parado no tempo, sem tocar de verdade havia anos.

Depois de conversarmos bastante, falei para Luiz o que estava produzindo, sem pretensão de convidá-lo, já que lá estava ele numa banda consistente e não devia ter tempo para amadores. Surpreendentemente, ele se interessou pelo projeto e fez questão de dizer que íamos gravar assim que quisesse. Conheço o Luiz há muitos anos. Diferentemente de muita gente que prometeu entrar em contato e depois não aparecia, ele era um cara de palavra. Senti que era hora de planejar como seria essa gravação.

GRAVAÇÕES E ALGUNS DESVIOS

A primeira coisa que fiz na semana seguinte foi encaminhar as músicas para ele escutar e tentar encontrar cada *groove* que fosse ideal para cada canção. Ele, que sempre foi uma pessoa muito prática, depois de escutar as músicas, entendeu que seria melhor irmos ao estúdio e fazermos as guias juntos. Já no estúdio do mestre da guitarra de Palmas, Jere, os instrumentos para a guia foram gravados; a partir daí, repassava-se a música guia através de um fone que saía da placa de som e chegava até ao ouvido do Luiz. Eram quatro músicas: "Sem Piedade", "Não Levantei", "Mil Palavras" e "Quem Sabe".

Luiz, com o passar do tempo, tornou-se um baterista hábil em criar ritmos brasileiros, conseguindo sair do natural que às vezes o baixo chamava. Além de tocar na noite fazendo *gigs* que iam do pop rock até o samba, conseguiu criar uma característica só sua, que eu entendi como a integração de *grooves* com *swing*, mas com uma pegada mais pesada. Desde a primeira nota na caixa, foi possível perceber que ele tinha entendido exatamente o que se passava pela minha cabeça.

Uma ligação paranormal, mesmo eu não sabendo como tocar bateria. A cada *groove* do baixo, um ritmo que trazia uma característica brasileira, mas sem se afastar de uma pegada mais firme, que soasse como uma banda alternativa.

Por causa disso, os ensaios para gravarmos as músicas foram espetaculares, deixando a cada *groove* uma sensação de que se tivéssemos uma banda, ela realmente seria divertida. Conversei com Jere para marcar as datas das gravações e também para fazer a mixagem, já que depois de alguns ensaios acreditávamos que estávamos prontos.

Geralmente, a gravação da bateria é feita com muito cuidado e tensão, já que é necessário, para ficar ideal, que a edição (ato de colocar tudo o que foi batucado pelo baterista dentro do metrônomo) fique dentro do tempo, de modo que, ao escutar a canção, não dê a impressão de que tem algo fora do lugar.

Mesmo tendo de repetir algumas vezes, por causa da nossa própria empolgação, a gravação soou divertida e rápida, mudando algumas coisas no próprio momento e criando coisas novas para deixar as músicas mais atraentes. "Mil Palavras" diz o seguinte:

Herdei mil palavras, não sei como usá-las,
quem traz o que eu preciso não pode ouvir.

Logo depois da gravação, fiquei empolgado com o que Jere ia tirar dali, já que combinamos desde logo para fazer a mixagem e masterização das músicas. Como já explicado, a mixagem é o trabalho que o engenheiro de som faz para equilibrar todos os sons gravados. A música é feita de um conjunto de instrumentos gravados que somados criam a sonoridade única que escutamos.

Para que todos os instrumentos sejam escutados, é preciso que o engenheiro aumente, melhore e limpe cada som para que ele tenha seu brilho único. Apesar de, na cabeça de quem apenas escuta música, o som ser referido apenas por meio do volume, alto e baixo, existe um mundo dentro desse universo chamado *frequência*.

Enquanto o volume é a parte vertical de um som, a frequência é a parte horizontal. Para uma música alcançar o mínimo de qualidade, é necessário que ambos os elementos estejam equilibrados. Não adianta a música estar com um bom volume se os instrumentos estão tumultuados.

Na linha horizontal, de maneira simples, é importante que não haja conflitos, podendo até haver dois instrumentos com frequências próximas, mas é necessário observar se eles não estão, como se diz no mundo do estúdio, "brigando".

Já a masterização é o trabalho final, que acontece depois da mixagem. É a melhora dos volumes e a inclusão de um brilho final, que profissionaliza a música. Se a mixagem estiver ruim, não será na master que será resolvido.

Dito tudo isso, entreguei as músicas para o Jere acreditando que estavam ótimas, prontas para apenas colocar a bateria. Naquela época eu ainda não sabia nada do que disse. Foi um grande engano meu, já que ele me disse logo de cara que a captação dos instrumentos não estava ideal e a quantidade de pianos, sintetizadores e guitarra estava deixando a música confusa.

Apesar da crueza, ele disse que faria o máximo que pudesse para melhorar as músicas e se eu quisesse acompanhar e aprender o básico, tinha sua permissão. Eu, que naquele momento não entendia absolutamente nada sobre frequências e volumes, logo me dispus a aprender o que ele falava e tentar melhorar nas próximas gravações.

De volta
AO JOGO

Antes de estar sentado ali, o Jere, mixando e remixando cada faixa, tinha uma perspectiva diferente de como se construía uma música em sua etapa final. Dominar a técnica da criação requer atenção desde os primeiros acordes que construíam a harmonia. A arte é livre e não há limites nem padrões que o artista que compõe sua criação deva seguir. Entretanto, ao observar as músicas de que eu gosto, percebo que desejo seguir aqueles que me influenciaram e me fizeram admirar cada canção.

Particularmente, ao escutar uma música, já classifico como ela se estrutura, ou seja, quantos refrões há, quantas estrofes, se há interlúdios, pontes, se é feita de maneira tradicional ou variada.

O documentário *Por trás daquele som* explica bem ao tratar da música "Love Again". Atento a isso, as músicas foram reconstruídas e entregues ao Jere. Depois de alguns meses, indo quase todos os dias ao estúdio para acompanhar e aprender sobre frequências e volumes, as músicas estavam prontas, o que me deixou muito satisfeito com o resultado. Apesar de claramente não terem atingido a máxima qualidade possível, devido à minha gigante inexperiência em gravar instrumentos em casa, Jere fez o melhor que pôde para deixá-las com a melhor sonoridade.

De qualquer forma, isso reafirmou ainda mais que era possível conseguir um som legal mesmo em casa, e agora, com as lições do Jere, conseguiria ao menos guardar aquelas canções. Empolgado com o resultado, logo fui até Luiz mostrar as primeiras canções que fizemos e agradecer de coração pela sua disponibilidade em perder seu tempo e, de graça, apoiar o pequeno projeto.

Em sua casa, ficamos escutando as músicas repetidamente, extasiados por conseguirmos fazer algo de que ambos gostamos tanto. Nesse período, comecei a gravar cada vez mais músicas em casa e a estudar os elementos da mixagem, tentando criar sons diferentes, misturando guitarras com baixos sintetizados, deslocando frequências e incluindo sonoridades que ouvia em músicas eletrônicas.

Foi uma época em que, além de voltar no tempo para me inspirar em artistas como James Brown, comecei a ouvir mais música pop, que já estava à frente, fazendo todo tipo de mistura. Não demorou muito para que Luiz entrasse em contato comigo para dizer que havia uma seleção para um festival tocantinense chamado "Bem Ali", e que certamente deveríamos nos inscrever.

Logo pensei na dificuldade de conseguir tocar depois de tanto tempo, já que me sentia deslocado e fora do nível de qualidade que as pessoas estavam produzindo. Acabamos concordando que deveríamos nos inscrever na seleção e, caso fôssemos escolhidos, iríamos buscar uma maneira de realizar o som ao vivo. Primeiramente, contudo, precisávamos de um nome. Pensei em vários, como Fugitivos da Cadeira Hereditária, Inadequados, entre outros.

Nenhum deles agradou Luiz, que era publicitário, dizendo que deveríamos nos inscrever com meu sobrenome: Kanichi. Assim nos chamamos de Kanichi Band. Depois de feita a inscrição, aguardamos a resposta por e-mail. Passaram-se alguns dias até que recebemos a resposta, que dizia que éramos uma das oito bandas escolhidas para tocar na seletiva e que iríamos concorrer a duas vagas abertas para tocar no festival.

Nesse momento, meu corpo ficou tenso com a possibilidade de voltar a tocar nos palcos, sentindo-me empolgado, mas ao mesmo tempo receoso se conseguiria voltar a fazer o que tanto esperei. Logo acionei Luiz para me inserir no mundo dos shows ao vivo (nas gigs de cover), já que, se era para competirmos, então que o fizéssemos bem feito. Pedi a ele que, sempre que houvesse uma vaga, me chamasse para tocar guitarra, para que eu fosse me acostumando aos poucos com o retorno ao palco. Dali em diante, toda vez que ele podia me colocar em um show, eu estava lá, readaptando-me à vida de músico.

Ocorre que, na verdade, nunca havia atuado na vida noturna com tanta frequência, o que me assustou com o ritmo intenso de tocar semanalmente por muitas horas em uma única noite. Geralmente, acompanhávamos uma cantora, tocando durante todo esse tempo sem parar. Fiquei surpreso mais uma vez com a forma como o público consome música à noite. Às vezes, há aquele público que não deseja que você chame atenção, exigindo que a banda seja apenas um acompanhamento de fundo.

Outras vezes, em palcos e shows elaborados para tal, tocando covers de músicas conhecidas, era um espetáculo de arrepiar, com todos cantando e curtindo cada canção. É muito tentadora a tocada de covers, pois os aplausos certamente virão se você executar as músicas corretamente. O aplauso, como combustível para o músico, infla o ego e, por vezes, cega, criando um vício que é muito difícil de retirar e voltar para a música autoral.

De qualquer forma, estava lá, tocando por quatro horas seguidas, duas ou até três vezes por semana, reaprendendo e afastando o medo de subir ao palco. Foram experiências interessantes, já que muitas vezes sequer ensaiávamos, tendo de prestar atenção no tom da música para acompanhar o restante da banda. A cada música que aprendia, era uma a menos para tentar ouvir com o ouvido próximo ao amplificador ou tentar desvendar as notas no escuro de um baixista que não queria compartilhar a harmonia.

30 MINUTOS

Mesmo com o pouco tempo que passei tocando na noite, percebi como o artista é desvalorizado e subestimado, mesmo ele sendo um componente tão importante para a felicidade dos que estão presente. Falo isso porque nem sempre os cachês são pagos de maneira honesta, já que o valor na maioria das vezes é muito baixo.

Claro, há momentos em que tudo isso se recompensa: quando ganha aplausos por interpretações feitas, é agraciado por pessoas que estão ali se divertindo e aproveitando seu fim de semana. Contudo, além do cansaço natural que é tocar a noite toda, convivíamos ainda, por vezes, com o proprietário do estabelecimento diminuindo o cachê contratado, sob alegação de que não foi bom o suficiente ou que não animamos o bastante para receber o combinado.

O que mais me surpreendia naquelas noites era a garra do Luiz, o baterista, montando e desmontando todas aquelas peças e ferragens repetidamente. Apesar de ele tocar os três dias do fim de semana, sempre parecia ser o menos cansado. Comecei a tocar para me familiarizar com o palco, mas aprendi muito além disso: um artista não é apenas quem está criando, mas também quem batalha na vida fazendo o que gosta, apenas para estar ali, sem luxo ou sucesso, tendo para si uma sensação que não se pode explicar, especialmente para aqueles que pensam que não há compensação pela vida difícil. Amor, é isso que explica.

Quando começamos a ensaiar as músicas autorais para a seletiva, apesar de termos conseguido um colega para segurar o baixo, percebemos que era muito difícil encontrar alguém com tempo suficiente para ensaiar e acreditar na música que estávamos fazendo. Isso porque, além da guitarra e da bateria, havia um punhado de sintetizadores gravados que precisávamos incluir ao vivo.

Não era possível para mim tocar a guitarra e os sintetizadores, primeiro porque não era bom o suficiente, segundo porque eu preferia a guitarra. Antes da seletiva para o festival, tentamos algumas vezes, em bares pequenos, tocar as músicas autorais, apenas para entender como seria, mas elas não funcionaram, já que, como estava utilizando o computador (através do Cubase) para disparar os sinterizadores, a troca entre cada faixa estava muito lenta, desanimando o público. Percebi então que precisava elaborar um dispositivo prático que, aliado a um programa próprio para apresentações ao vivo, lançasse todos os sintetizadores e pianos sem precisar abrir e fechar cada faixa no notebook. Como eu criava os sintetizadores por meio de um computador, encontrei uma DAW específica para tocar ao vivo, chamada Ableton Live, já que ela tinha funções que, ao tocar em uma tecla do teclado do notebook, disparava toda a música sincronizada.

Dessa forma, incluí também o contrabaixo, transformando nossa banda em uma dupla. Para manter o som coerente, precisávamos ensaiar com um metrônomo, já que a música seria tocada dentro de um tempo específico e não poderíamos sair do compasso.

O dispositivo físico consistia em um PowerClick (aparelho para remeter o metrônomo) e a placa de som Foscurite 2i2 (para enviar o som do computador para a mesa de som), além do próprio computador, que através do programa Ableton Live, acionaria a faixa de maneira rápida no início de cada música. Não foi fácil; mesmo nos acostumando a tocar, sempre surgiam problemas.

Antes do dia da seletiva para o festival, tentamos corrigir todos os problemas que encontramos. Tivemos de tudo um pouco: cabo P10 curto, fone de ouvido que não funcionava direito, computador sem bateria. Mesmo assim, ajustamos o máximo possível para evitar constrangimentos durante os shows, embora tenhamos passado vergonha algumas vezes. No entanto, acreditávamos no que estávamos fazendo. A cada momento embaraçoso, Luiz sempre lembrava que estávamos aprendendo e que, se não tivesse sido tão bom, a próxima seria melhor.

Ensaiávamos, tocávamos, passávamos vergonha e ensaiávamos novamente, ajustando o que percebíamos como erros. Chegado o dia da seletiva para o festival, fomos sorteados para tocar antes da última banda. A casa estava cheia e não tocava para tanta gente assim há tempos. O lugar era um bar que conseguia receber muitas pessoas quando havia aglomeração. E, de fato, estava lotado. Todas as bandas tinham trazido seus amigos, já que as escolhidas seriam determinadas pela votação do público, cujo resultado seria divulgado após a seletiva.

Quando chegamos lá, revi alguns conhecidos. Mas a cena tinha mudado e muitas bandas talentosas estavam participando, com estilos que variavam do indie, hard rock, blues e metal. Assistindo às bandas, percebi como o cenário atual havia evoluído, com bandas autorais de qualidade e muitos artistas talentosos, criando coisas realmente diferentes. O tempo de palco era de trinta minutos, o que nos permitia tocar no máximo três ou quatro músicas. Não tocava para tanta gente havia muito tempo, o que me levou a beber mais do que deveria naquela cervejaria.

Um pouco grogue, subi ao palco já um tanto animado, apesar de não conseguir enxergar nada lá de cima. Quando as luzes se acenderam e deram o sinal para começar, ainda estava me preparando, organizando o computador e os cabos que conectavam o metrônomo ao Luiz. Apesar de ter conseguido levar o cabo até o Luiz para que ele pudesse acompanhar o metrônomo, não tive tempo suficiente para ajustar o meu. Tocaria sem o metrônomo, seguindo apenas a bateria.

O sangue esfriou e uma felicidade tomou conta de mim, sabendo que mesmo que não fôssemos escolhidos tínhamos montado uma banda cheia de amor, que acreditava em tocar as próprias músicas, mesmo que não agradasse ninguém. Não estávamos tocando para ninguém, estávamos tocando para nós mesmos. Por um momento, viramos os instrumentos um para o outro, de frente, e começamos o show. A sensação do amor chegava por meio das palmas e dos gritos, que mesmo sem conhecerem as músicas, acompanhavam as canções.

Não me levantei, não quis acordo,
para conviver, com seu mau gosto,
não vou fingir, e aceitar você,
e aceitar você pra mim.

O tempo passou num instante. Tocamos sem dizer uma só palavra um ao outro. No final, o apresentador apenas disse: “E esta é a Kanichi Band.” Fomos para o *backstage* e nos abraçamos, pois sabíamos que tinha sido divertido e emocionante. Conversamos um pouco e logo Luiz teve de voltar ao palco para recolher os instrumentos. Aproveitei para sair pelos fundos.

Estava muito quente e quando cheguei na frente do bar havia poucas pessoas, a maioria delas acompanhando a última banda. Sentei-me sozinho no meio-fio e tomei um gole de água. Um cara se aproximou e perguntou se eu tinha fogo. Respondi que não, e ele disse que esperaria para entrar, já que queria fumar antes. Perguntou-me se eu tinha visto a última banda e respondi que não, mas perguntei o que ele achou. Ele disse que o som parecia com o do Jack White em seu projeto solo. Respondi que ele tinha lançado um novo disco no início do ano e que tinha gostado muito.

Em seguida, o rapaz saiu para procurar fogo, deixando-me sozinho novamente. Pensei em tudo o que fiz para chegar até ali e se todo aquele esforço havia valido a pena por apenas trinta minutos de felicidade. Olhei para o céu escuro e sem nuvens, senti um calor dos infernos, mesmo aquela hora da noite. Não consegui imaginar um lugar mais quente e me questionei se todo aquele calor tinha a ver com a emoção deixando o meu corpo. Entendi, naquele instante, que passaria o resto da vida procurando essa sensação.

FONTE Clicker e Utopia
PAPEL Pólen Natural 80 g/m²
IMPRESSÃO Paym

FSC
www.fsc.org
MISTO
Papel produzido
a partir de
fontes responsáveis
FSC® C133282